COLLECTION FOLIO

Manuel Rivas

La langue des papillons

et autres nouvelles

Traduit du galicien
par Serge Mestre et Ramon Chao

Gallimard

Titres originaux :

UN MILLÓN DE VACAS

Primeiro amor — O navegante solitario — A estrada do cabalo coxo — Que non quede nada — Un millón de vacas — Campos de algodón

¿ QUE ME QUERES, AMOR ?

¿ Que me queres, amor ? — A lingua das balboretas — Un saxo na néboa — A leiteira de Vermeer — Carmiña — O inmenso camposanto da Habana

ELA, MALDITA ALMA

A vella raíña alza o voo — A noite en que fun ás mozas — A barra de pan — O loro da Güaira — Camiño do monte — Xinetes na tormenta — O'Mero

Première publication en galicien : Editorial Galaxia pour ¿ QUE ME QUERES, AMOR ? et ELA, MALDITA ALMA, et Edicións Xerais de Galicia pour UN MILLÓN DE VACAS.

Manuel Rivas est né à La Corogne en Galice. Il est journaliste, poète et auteur de plusieurs recueils de nouvelles. Il a obtenu en 1990 le prix de la critique et en 1996 le prix Torrente Ballester et le prix national d'Espagne. L'une de ses nouvelles, *La langue des papillons*, a été adaptée au cinéma.

REMERCIEMENTS

À la mémoire de ma mère, Carmiña, à qui j'avais promis d'écrire un livre sur les aspects et les différentes demeures de l'âme. À mon père. À mon frère Paco, envers qui j'ai une dette que je ne pourrai jamais rembourser. À mes tantes Pepita et Paquita, qui sont toujours de joyeuses jeunes filles du Corpo Santo. La nouvelle « La nuit où ils allèrent draguer les filles » est dédiée à Rafael Azcona, qui fredonna *Les feuilles mortes*, à Xesús González Gómez, amarre galicienne en plein Barcelone, et au peintre Alfonso Sanjurjo. J'ai rencontré O'Mero après une inoubliable conversation avec Jaime Medal, guérisseur sur les routes de la mer et qui a avalé un pain tout entier en écoutant un perroquet à La Güaira.

Premier amour

Gaby, Gabriela, est plus âgée que moi. Je crois qu'elle est même beaucoup plus âgée. Elle a bien deux ans de plus que moi. Après tout ce temps, je n'espérais plus la croiser dans le village, à Aita, et cependant elle était là, assise et alanguie sur le banc de pierre des Brandariz, entre deux vasques de géraniums.

— Salut.

— Salut.

— Comment vas-tu ?

— Bien. Et toi ?

— Bien. Très bien. Non, je vais très mal.

En réalité, elle était beaucoup plus âgée que moi. Presque trois ans.

— Tu es très maigre.

— Toi aussi tu es très maigre.

Elle portait une robe longue et était pieds nus. Elle avait de grands pieds, semblables à ceux d'un homme.

— Tu étais en voyage ?

— Oui.

— Moi aussi je vais peut-être partir.

— Ah bon !

— Oui. Je vais m'en aller. Je suis en train de me dire que je vais faire un voyage. Mais très loin, tu sais. En Australie ou dans un coin de ce genre.

— Ce serait fabuleux.

— Oui. Je suis presque sûr d'aller en Australie. Les parents de l'un de mes amis habitent là-bas. Il a passé sa licence de radioamateur et je parle avec lui presque tous les soirs.

— Moi, j'étais partie à Barcelone, tu sais. J'ai vécu avec des gens et tout ça.

— À Barcelone, bien sûr. Je n'ai jamais voyagé, tu sais. J'aimerais faire un grand voyage. L'Australie ou quelque chose de ce genre.

— Ce doit être hallucinant. C'est si loin.

— Mon ami prétend que si l'on creusait un trou à l'endroit où nous sommes et que l'on traversait la terre d'un bout à l'autre, on se retrouverait directement en Australie. C'était comment à Barcelone ?

— Bien. Non, normal. Très mal.

— Mon ami m'a offert une montre. On peut se réveiller avec la musique de *joyeux anniversaire. Happy birthday to you.* On peut aussi savoir l'heure qu'il est à Tokyo, à Londres et à New York. Tu peux aussi enregistrer des numéros de téléphone. C'est comme un ordinateur. Regarde, regarde-la.

— Ah, c'est super, c'est fantastique !

Les secondes clignotaient sur le cadran de la montre. Puis elle m'annonça de but en blanc :

— Tu sais, j'ai une fille.

— Une fille ?

— Oui. Tu veux la voir ?

Et elle m'invita à entrer chez elle, en souriant, comme si elle avait mal lorsqu'elle souriait.

Le navigateur solitaire

L'homme aux cheveux roux avait surveillé, à travers la vitrine du Singapour, les rugissements de la tempête. Dans ses convulsions désordonnées, la mer vomit soudain sur la plage une ligne de détritus, un agglomérat d'algues visqueuses, d'oursins apatrides, de crustacés condamnés à mort et toutes sortes d'objets étranges constellés de calligrammes de salpêtre et de résine, des mandibules de crabes, des souches semblables à des gargouilles, des cordages effilochés, des engrenages rouillés, des chaussures dépareillées et le mécanisme d'une pendule. Le navigateur poussa un soupir de soulagement. Le vieux bateau, celui qui avait un mât tout noir, avait supporté l'assaut des vagues déchaînées. En panne, il était toujours amarré au petit quai réservé aux pêcheurs.

Triomphant, le soleil était enfin de retour, et l'océan brillait sur tout l'horizon, à la manière d'un gigantesque poisson. Les gens commençaient à sortir des maisons. Un vieux entrouvrit furtivement la porte. Il hésita un instant, puis se décida à entrer pour introduire une pièce dans la fente de la machine à sous. Il jura entre ses dents, frappa l'appareil sur le côté droit avec la paume de la main et ressortit.

Le patron du bar Le Singapour était énorme, il avait la quarantaine ; il disparaissait de temps en temps dans la cuisine et se mettait à hurler. On entendait aussi des cris de femme. Derrière le comptoir, un enfant essayait de grimper en prenant appui sur des caisses de sodas. Il avait finalement réussi à se placer à hauteur de l'étranger et il lui expliqua que son père savait faire de minuscules chariots traînés par des mouches ou des papillons, mais avec des papillons c'est beaucoup plus difficile, expliqua-t-il. Ensuite le garçon montra ses bras couverts d'écorchures et de petites ecchymoses. Il était allé chercher des nids et en avait trouvé deux, il ne savait pas de quels oiseaux il s'agissait, mais les œufs étaient de couleur bleue et il les avait écrasés tout près de là, au bout de l'embarcadère. Son père lui demanda de descendre du comptoir et, sans même lui donner le temps d'obéir, il lui envoya un coup sur la tête. Le garçon se contenta de serrer les dents, descendit de son perchoir et cracha dans la sciure.

— Je suis un costaud, lança-t-il en fixant son regard sur le navigateur, et il montra une nouvelle fois les blessures causées par les ronces.

Le gros lui envoya un autre coup sur la tête,

bien plus fort cette fois-ci. Le garçon garda le regard rivé sur le visiteur. Mais son visage devint de plus en plus rouge. Il avait envie de pleurer, mais il se retenait le plus qu'il pouvait. Finalement les larmes débordèrent et le trahirent. Il fut aussi trahi par l'air qu'il avait retenu dans sa poitrine. Il sanglota. Son père s'éloigna à l'autre bout du comptoir, saisit un balai et alluma le téléviseur avec le manche. L'enfant se dirigea vers une table, dans le fond de la salle, et dissimula son visage entre ses bras. La mère sortit de la cuisine et lui cria dessus.

— Tu es un diable, un vrai diable : on peut savoir pourquoi tu es en train de pleurer.

Sur l'écran, on pouvait voir les images de paysans orientaux en train de fuir au milieu de soldats qui, quelquefois, saluaient la caméra. Par moments, la couleur disparaissait et l'on apercevait les scènes en noir et blanc. Le gros se mit à trafiquer les boutons de l'appareil avec le manche à balai, mais la couleur disparut définitivement. On voyait d'immenses rizières survolées par des hélicoptères qui projetaient leur ombre sur les champs. L'enfant avait cessé de pleurer et regardait discrètement le visiteur. Il avait un tatouage.

Le père fit signe à l'enfant de venir jusqu'à lui. Il le souleva à bout de bras et l'approcha du téléviseur. Le garçon tourna les boutons jusqu'à ce que l'image ne saute plus et que la couleur revienne. Il reposa l'enfant à terre, lui passa la main dans les cheveux et lui tapota affectueusement l'épaule. La mère observait la scène depuis la porte de la cuisine.

— Je t'ai déjà dit de ne pas frapper le petit sur la tête. Tu n'as qu'à lui taper sur les fesses si tu veux.

Le gros ne la regarda même pas. On entendit soudain de la musique qui venait de dehors. Le navigateur tourna son regard vers la vitrine. Un groupe de jeunes venait de s'asseoir dans la barque échouée. Ils avaient posé une imposante radiocassette à la proue. Il n'y avait pratiquement que des garçons, sauf une jeune fille aux cheveux teints. Le patron du Singapour cracha dans la sciure.

— Encore des drogués. Ils vont d'un côté, de l'autre. Et ils ne font que se droguer.

Il saisit à nouveau le balai et augmenta le volume sonore du téléviseur. On diffusait à présent les résultats des matchs de football. Les clients qui jouaient aux cartes fixèrent pour la première fois l'écran. Le patron du bar s'excita un peu. On aurait dit que les résultats l'avaient satisfait et il fit un geste de victoire à l'étranger.

— Moi aussi, jouer au football, dit-il en détachant chaque syllabe et en parlant fort. Moi, pas mauvais, non. C'est ce qu'on disait. Je crois que j'étais bon. Oui, j'étais bon. Sûr que j'étais bon.

Il le répéta plusieurs fois jusqu'à ce que le navigateur aux cheveux roux lui montre qu'il avait compris et partage ses souvenirs de gloire. Le patron pointa son doigt sur les trophées, au métal terni, alignés sur une étagère, parmi les bouteilles de liqueur. Il décrocha une photo, nettoya la poussière d'un revers de main, la regarda d'un air satisfait et la montra enfin à l'étranger. Sur le cliché, on voyait un jeune homme d'une vingtaine d'années robuste et athlétique. Son pied droit était posé sur un ballon. Il portait un short bleu, un maillot blanc et bleu et des chaussettes bleues avec une bande blanche. Il avait les cheveux longs et attachés avec un morceau de ruban. Il souriait.

— J'avais fière allure, non ?

Il raccrocha la photo en s'arrangeant pour la superposer exactement au rectangle qu'avait laissé la poussière sur le mur. L'étranger n'était pas très bavard et cela semblait déplaire au patron qui pointa à nouveau son doigt sur la photo du footballeur.

— C'était moi. Être moi. J'ai été champion. Et capitaine. J'ai été capitaine aussi. Pendant deux ans. Mais moi, en avoir eu assez. Vous, vous rendre compte, c'était moi. Être moi.

Il mit un cure-dent dans sa bouche et attendit un commentaire ou une question qui ne vinrent pas.

— Merde, alors ! C'était moi.

Le patron s'éloigna en rouspétant pour aller servir d'autres clients. Ceux qui venaient d'entrer commandèrent une bouteille de champagne et le patron s'en servit également un verre. Les nouveaux venus portaient des vestes de cuir et celui qui parlait d'une voix chantante avait sa chemise déboutonnée : on apercevait un grand crucifix doré sur sa poitrine velue. Ils discutaient de femmes.

— Je vous assure que cette barge aurait bien supporté cinq ou six moteurs. Moi je n'ai réussi qu'à lui en mettre deux.

Ils éclatèrent de rire.

— C'est tout, Paco? Pas plus de deux?

— Je n'en pouvais plus, putain! J'étais bourré d'alcool et ça faisait plusieurs nuits que je n'avais pas dormi. Mais je vous assure qu'elle se serait bien fait cinq moteurs. Et si ça continue le vôtre risque de se rouiller. Allez, faites-moi plaisir. Un week-end, on laisse les femmes s'en aller de leur côté, avec les enfants, et je vais vous montrer ce que c'est qu'une bonne baise.

La porte du Singapour s'ouvrit à nouveau. Un moustachu plutôt corpulent s'approcha du comptoir et appela le patron d'une voix suffisamment forte pour que le groupe aux vestes de cuir fasse silence.

— C'est le Hollandais qui m'envoie. Je viens chercher des chaussures blanches...

Le patron l'observa attentivement. Il sortit de derrière le comptoir et lui fit un signe l'invitant à le suivre. Il tira un rideau et lui proposa de prendre place dans l'arrière-salle. Il retourna à son comptoir et les gens du groupe allèrent immédiatement se joindre au nouveau venu.

Sur l'écran, on pouvait à présent voir les images des préparatifs d'une exposition d'art qui devait se tenir en plein air, sur une place dallée, entourée de façades de style monumental. Les grues déplaçaient de grandes sculptures de pierre et de métal. Personne ne regardait. Il n'y eut qu'un vieux qui leva son regard au-dessus de l'éventail de ses cartes alors que les machines étaient en train de hisser une pièce de granit semblable à la meule d'un moulin, mais sur laquelle on avait sculpté une tête de vache en plein milieu. Le vieux attira l'attention des autres joueurs.

— C'est des conneries tout ça, décida quelqu'un.

Et ils se remirent à jouer.

Empoignant son balai comme une lance, le patron du Singapour tentait à présent de changer de chaîne. Il chercha le gamin du regard, mais celui-ci avait disparu. Des clients l'appelèrent et il posa le balai dans un coin. Sur l'écran, un barbu fatigué et mélancolique était en train de parler. Il évoquait la mort de la culture. Il prit en exemple les étoiles filantes qui disparaissent en quelques secondes après avoir illuminé pendant des milliers d'années la voûte céleste. Et puis soudain, ce fut le vide. Le patron du Singapour avait regagné son poste de commandement, il se caressa le ventre de la main gauche, puis visa du bout de son balai, avec succès ce coup-ci. Une scène de tempête en mer apparut soudain à l'écran. Le sujet était on ne peut plus familier. On parlait de la côte où ils habitaient. Plusieurs embarcations avaient perdu leur mouillage et dérivaient au gré des flots bien que, d'après le porte-parole de la Protection civile, tout fût enfin maîtrisé. Il y avait des victimes, parmi lesquelles on comptait un navigateur solitaire. Le reportage correspondant à cette information montrait un bateau complètement éventré par les récifs, le mât tout noir avait été arraché. Et puis les caméras s'arrêtèrent sur le corps sans vie du naufragé, que le ressac avait ramené sur la plage. C'était un jeune homme aux cheveux roux, avec un tatouage représentant une tortue.

Il était toujours là, accoudé au comptoir du Singapour, et fit un signe pour commander une autre bière. Le patron avait les yeux rivés sur lui. Il porta sa main à l'oreille, fit tourner le cure-dent entre ses lèvres et cracha dans la sciure.

— Le type, là, à la télévision... C'était bien vous, non ?

L'étranger fit oui.

— Alors si je comprends bien, vous êtes mort.

Le visiteur confirma d'un geste.

— Vous voulez dire : affirmatif?

Il acquiesça à nouveau.

L'enfant était en train de faire des dessins sur la vitrine, avec la buée. Son père lui cria de s'approcher, puis il l'assit sur le comptoir, juste devant le navigateur.

— Regarde, cette personne qui est là, devant toi. Eh bien, cet homme est mort.

Et il lui tapota affectueusement la tête.

La route du cheval boiteux

Je faisais ce voyage tous les vendredis après-midi. C'était un trajet infernal, mais ma seule préoccupation était d'arriver au plus vite. Après avoir grimpé la montagne depuis Muros, brûlée par la mer et par les hommes, la route traverse un long désert verdoyant. Je ne me souvenais d'avoir fait qu'une halte involontaire, il y avait longtemps, à cause d'un troupeau de chevaux qui ne prêtait aucune attention à mes coups de klaxon. Ils étaient là, au milieu de la route, se contentant de savourer le vent avec leurs naseaux. Parfois, ils ployaient le col avec élégance et frappaient le sol de leurs sabots comme pour me provoquer. Je fis une autre tentative infructueuse avec le klaxon pour libérer le chemin. Patience. Eux aussi avaient l'air d'attendre.

De la pinède sortit alors, précédé d'un hennissement, un magnifique étalon noir. Il se planta au milieu de la route et, lentement, s'approcha de la voiture. Il me regarda avec une indifférence orgueilleuse, puis fit le tour du véhicule, comme s'il procédait à une inspection. Enfin, il retourna vers le troupeau, agita la tête de haut en bas et dirigea sa bande vers la vallée qui s'étend sur la rive gauche, par le chemin qui mène aux falaises surplombant l'océan. Le chef marchait devant, majestueux. Il boitait. Ce n'est pas moi qu'ils cherchaient.

Ce qui se passait aujourd'hui n'avait rien à voir avec cet épisode.

Une autre voiture, immatriculée à l'étranger, roulait devant moi, précédée d'une foule de gens qui marchaient lentement, traînant les pieds sous un ciel lourd de nuages. Ils occupaient toute la largeur de la route. Progressant à leur allure, j'ai pu constater à quel point la chaussée exhibait ses entrailles de boue et de gravier. Dans ce vaste panorama, mes yeux suivaient la ligne des clôtures électriques, attirés de temps en temps par des carcasses rouillées d'appareils électroménagers ou, à l'horizon, par de maigres épouvantails décolorés et par des vaches qui semblaient attendre ce moment depuis des siècles. Appuyé sur un portillon, un enfant suivait du regard la procession silencieuse. Il avait le crâne rasé, garni de petites plaques blanchâtres de calvitie. Il était vêtu d'une veste bleue, raccommodée aux coudes et ornée d'un écusson brodé de fils d'or. Je l'ai observé attentivement, lui et ses fils d'or, et il m'a regardé avec un orgueil innocent.

Les occupants de la voiture derrière laquelle je

roulais étaient très énervés. C'étaient des jeunes, et l'un d'eux, le passager avant, lançait des signes d'impatience depuis quelques instants. Ils s'étaient mis à klaxonner furieusement. D'abord par à-coups, puis sans arrêt. La dernière rangée du cortège qui les précédait finit par tourner la tête dans leur direction et par s'arrêter. C'étaient des vieillards, des hommes et des femmes, même si certains paraissaient avoir moins que leur âge. Ils portaient tous des parapluies sombres et des cannes de paysan. Ils nous jetèrent un regard sévère, y compris à moi. Et ce fut tout.

Derrière nous, on pouvait voir les maisons de pierre d'où était probablement parti le cortège. Devant nous, rien, seulement la longue route rectiligne et un ciel de plus en plus nuageux. Alors, il s'est mis à pleuvoir, une averse violente et soutenue. Dans le cortège, quelques personnes ouvrirent leur parapluie, tandis que d'autres enfouissaient leur tête sous leur manteau. Au lieu d'accélérer le pas, elles ralentirent la marche. Il me fallait freiner puis avancer par à-coups. La pluie inondait le pare-brise, et je m'amusai à éviter les flaques comme si c'était un jeu vidéo hivernal.

Soudain une silhouette se détacha de la foule compacte. La voiture que je suivais continua, et moi je décidai de m'arrêter. Après s'être installé à mes côtés, l'homme enleva son béret trempé et se mit à tousser. Sa toux était profonde, on aurait dit qu'elle n'allait jamais cesser. Il s'essuya la bouche avec un mouchoir, respira profondément, me regarda du coin de l'œil et alluma une cigarette. Il m'en proposa une.

— La fumée, c'est bon pour les rhumes, dit-il sûr de lui. Puis il cracha quelques brins de tabac : Salaud de curé.

Il se tut un instant, comme s'il regrettait d'avoir lâché une confidence déplacée. Il me regarda une nouvelle fois du coin de l'œil.

— En hiver, nous, les vieux, on tombe comme des mouches, mais, lui, c'était un jeune, un jeune en bonne santé, c'est la vie.

— Pourquoi ? demandai-je.

— Quoi ? dit-il, méfiant.

— Pourquoi dites-vous que le curé est un salaud ?

Le curé avait refusé d'enterrer le défunt dans la paroisse. Tout le village était indigné, d'autant plus que le mort était quelqu'un de très bien. Il s'était pendu à la branche d'un pommier. Le curé avait déclaré que, d'après la loi de l'Église, il ne pouvait bénéficier d'obsèques chrétiennes. C'est la raison pour laquelle ils conduisaient le pendu dans une autre paroisse, à cinq kilomètres de là.

— Et si jamais on ne veut pas l'enterrer là-bas, non plus ?

Le vieux fit claquer sa langue. Il me regardait toujours du coin de l'œil.

— Vous savez ? Les hivers sont de plus en plus froids.

Le cortège s'arrêta devant le porche de la petite église romane, dont la façade était en partie crépie. Une partie de la rosace avait été réparée avec des briques et un haut-parleur trônait à côté de la cloche.

— Nous sommes arrivés, dit le vieux.

Il descendit et, enveloppé dans la fumée et la pluie, esquissa un geste d'adieu. Quelque chose me poussa à me garer. Près du cercueil, un groupe de voisins semblait diriger les opérations. Ils discutaient entre eux. Quelques minutes s'écoulèrent. L'eau dégoulinait toujours sur le visage des paysans, et lorsque je décidai de reprendre la route, le vieux me montra du doigt.

— L'ami, nous avons besoin d'une voiture, dit un de ceux qui menaient le cortège. Il faut qu'on aille chercher le curé, avant qu'il parte.

Nous nous engageâmes dans des chemins boueux et arrivâmes devant un château passablement délabré. Un chien énorme vint nous recevoir d'une voix peu accueillante. Sans pitié, le vieux le chassa d'un coup de bâton et le chien s'enfuit en gémissant. La porte du manoir s'ouvrit et je fus sur le point de détourner mon regard. Un être répugnant apparut devant nous, une femme bossue qui nous regardait de son œil valide. Le vieux demanda à parler au curé et, pour toute réponse, elle lança une sorte de grognement. Je ressentis un nouveau haut-le-cœur. Puis un jeune homme au visage d'ange, une sorte d'enfant en soutane, fit soudain son apparition.

— Je sais ce qui vous amène, mais il n'est pas mort dans la grâce de Dieu.

— C'était quelqu'un de bien, monsieur le curé, répondit le vieux.

Je m'aperçus que ma première impression était fausse. Ce petit curé aux allures d'enfant avait un regard froid, des yeux gris comme l'acier. Il avait l'air de réfléchir. Il regarda la femme-monstre, qui acquiesça de la tête.

— Bon, c'est d'accord. Que Notre Seigneur Jésus-Christ me guide.

Sur le chemin de l'église personne ne parla. Lorsque nous arrivâmes, le cercueil se trouvait sur une dalle du parvis et les voisins attendaient en s'abritant contre les murs du cimetière. À l'intérieur de l'église, il faisait froid, plus froid qu'à l'extérieur. Les prières du curé furent accompagnées par les quintes de toux des fidèles. Puis, tout à coup ce fut le silence absolu. Le *Pater* fixait ses ouailles.

— Il n'est pas mort dans la paix de Dieu. Et de plus il lui sera très difficile d'entrer dans le Royaume des Cieux, car celui qui refuse la vie refuse Dieu. La vie est un don du Seigneur, et lui seul peut décider de nous l'ôter. Pour vous non plus, il n'y a pas grand espoir. Vous vous vautrez dans le péché, vous êtes perdus, gangrenés par la tentation de la chair. N'imaginez pas que cet homme mérite le pardon ou la compassion. Il a commis un acte d'orgueil et d'égoïsme envers Dieu Notre Seigneur. Je prierai aussi pour vous, mais sans grand espoir de vous sauver.

Puis il nous fusilla du regard, fit demi-tour et continua l'office. Lorsque nous quittâmes l'église, après avoir laissé le mort sous terre, les voisins reprirent la route en groupes dispersés. Le vieux prit à nouveau congé, à sa façon.

— Il vous a dit des choses terribles, lui dis-je, presque en criant.

— À l'église, pendant tout le temps, j'ai essayé de bouger mes orteils, me répondit le vieux. J'étais inquiet. Je ne les sentais pas.

— Vous n'auriez jamais dû accepter ce que le curé vous a dit, insistai-je hors de moi.

— Passez donc votre chemin, l'ami.

La nuit semblait tomber des entrailles d'un ciel descendu très bas. Le vieux commença à marcher dans le brouillard et la pluie, il boitait.

Il ne doit rien rester

Il s'était juré de ne jamais acheter une arme en jouet à son fils.

Il avait été membre de l'organisation Greenpeace et continuait à régler sa cotisation annuelle, il éprouvait une sympathique nostalgie lorsqu'il voyait à la télévision une marche pacifiste qui, malgré l'interdiction, pénétrait dans le désert du Nevada, où des ingénieurs nucléaires étaient fiers de planter des champignons monstrueux dans des cratères. Son travail de représentant de commerce l'absorbait à cent pour cent. Il était marié et avait maintenant un fils.

— Un fils ? lui demanda Nicolás d'un air horrifié.

C'était un de ses anciens compagnons d'inquiétude, tout juste rencontré à l'aéroport.

— Oui, pourquoi ? avait-il rétorqué un peu mal à l'aise.

Il n'avait jamais imaginé qu'il aurait à s'en justifier, un jour. On a un fils, un point c'est tout.

— Non, tu sais, si je dis ça, c'est à cause du courage que ça suppose. Je crois qu'il faut être très courageux pour décider d'avoir un fils. Moi, je serais incapable de prendre une telle décision. J'ai l'impression que ça me donnerait le tournis.

En réalité, il n'avait jamais réfléchi à ce que signifiait avoir un enfant. Il s'était marié parce que cela lui faisait plaisir et avait eu un fils exactement pour la même raison. Mais Nicolás ne le quittait pas des yeux, comme un confesseur terrifié par les péchés d'autrui.

— Tu sais, je crois qu'il faut le prendre dans un sens tout à fait biologique, ce n'est pas la peine de chercher à faire des théories transcendantes. C'est une façon d'assumer sa condition animale, un point c'est tout. Un enfant, ça te donne l'impression de te sentir bien dans ta peau, c'est animal, voilà tout. Finalement on retrouve positivement son animalité, ni plus ni moins.

Nicolás éclata de rire. Après tout, il était biologiste.

— Je n'en sais rien. Pour moi, c'est comme décider de se transformer, pour quelques instants, en Dieu. Ce doit être merveilleux d'ajouter soi-même un être à ce monde, mais... c'est aussi cela qui me semble terrible. Je ne sais pas, moi.

— Oui, bon d'accord... il se réveille souvent la nuit. Il nous appelle et puis il se rendort. Et il fait ça plusieurs fois. Il est possible que je sois un dieu, mais je suis un dieu complètement épuisé alors. Et lui, nom de Dieu..., il dort quand ça lui fait plaisir.

Ils éclatèrent de rire en chœur.

— Tu lui racontes des histoires ?

— Ne m'en parle pas ! Je lui en ai raconté un bon millier. Quand je suis à la maison, bien sûr. Tu sais bien, je vais toujours par monts et par vaux avec ce maudit boulot. Parfois, le soir, je lui en raconte trois ou quatre à la suite, et il m'arrive de m'endormir avant lui.

— Des histoires de quel genre ? Qu'est-ce que tu lui racontes comme histoires ? demanda quelque peu amusé Nicolás.

— Bof. Surtout des histoires d'animaux. Des animaux qui ont des enfants, et puis les chasseurs arrivent, et tout ce qui s'ensuit. Je m'arrange toujours pour que le loup soit gentil.

Il avait dit cela en clignant de l'œil de manière plutôt amusante.

— J'aimerais bien assister un jour à la chose, répondit Nicolás alors qu'ils prenaient congé l'un de l'autre.

Son ami fit un dernier signe de la main derrière la porte vitrée. Il se dirigea vers les boutiques de l'aéroport car il ramenait toujours un petit cadeau à son fils. Il n'y avait pas grand choix. Le rayon le plus achalandé était celui des armes à feu en jouets. Il y en avait de toutes sortes. Un *colt* de cow-boy, un pistolet d'agent spécial muni d'un silencieux, un fusil à lunette, une mitraillette à rayons laser. Et puis toutes sortes de pièces d'artillerie et de blindés extrêmement sophistiqués, préfigurant la guerre des étoiles. Il repoussa tout ça d'un geste de dégoût et finit par choisir un petit parapluie en plastique transparent avec des vignettes d'animaux ravissants.

Lorsqu'il rentra chez lui, son fils était déjà en train de dormir.

— Je lui ai rapporté ça, dit-il en souriant.

— C'est très joli, répondit sa femme.

Le matin, l'enfant demanda : — Tu repars travailler ? — Il répondit tristement que oui et son fils se mit à pleurer.

— Je t'ai rapporté quelque chose, ajouta-t-il en sautant du lit.

L'enfant se tut et attendit attentivement que le cadeau fût déballé.

— Regarde, il y a plein de dessins de Snoopy, dit-il satisfait en ouvrant le petit parapluie.

L'enfant examina son cadeau, le tourna dans tous les sens pour observer les animaux et sembla satisfait.

Avant de partir, il l'embrassa et lui caressa la tête. Il s'apprêtait à ouvrir la porte, lorsqu'il entendit son fils l'appeler. Il se retourna et l'aperçut, une jambe en avant et le manche du parapluie appuyé contre son épaule, dans un style de parfait tireur professionnel.

— Pan ! Tu es mort, papa.

Un million de vaches

Elle n'était pas vêtue de noir, elle portait un tailleur en tissu imprimé bleu et blanc, et avait mis sur ses épaules un châle couleur argent vieilli, qui prolongeait la teinte de ses cheveux. À l'ombre de l'arrêt d'autobus, elle me fit signe d'arrêter et, après m'être garé, elle me demanda d'un air décidé, derrière ses lunettes à monture d'écaille, son regard de chouette scrutant l'intérieur de la voiture.

Vous allez à Vigo, n'est-ce pas ?

Elle me demanda cela comme s'il n'y avait vraiment pas d'autre endroit où aller. Merci, mon garçon, tu me sauves la vie, lança-t-elle après avoir pris place sur le siège, puis s'être arrangé les cheveux. On était en train de donner l'heure à la radio : cinq heures de l'après-midi, puis on entendit le générique qui précédait toujours le journal. Sans s'occuper de ce que l'on disait dans le poste, elle m'expliqua immédiatement qu'elle avait raté l'autobus et qu'elle avait rendez-vous chez le médecin. À mon âge, on a toujours des misères, mon garçon, c'est terrible de devenir vieux. En Galice, disait le journaliste à la radio, il y a, à peu près, un million de vaches. Voyons, madame, lui répondis-je courtoisement, ne dites pas des choses pareilles. Ce sont des bêtises, dit-elle, ils nous prennent pour des imbéciles, un million de vaches ! Ils passent la journée entière à dire des bêtises. J'éteignis la radio et elle se tourna vers moi d'un air satisfait. Tout ce qu'ils disent est faux, mon garçon, tout est absolument faux.

Elle me demanda où est-ce que j'habitais et je lui répondis que je ne savais plus très bien. Je vais par monts et par vaux. Elle sourit. Il faut dire que vous, les jeunes, vous êtes vraiment des cas. Moi j'ai habité à Madrid. Tu connais Madrid ? Il n'y a pas longtemps, je vivais encore à Madrid. J'ai un fils là-bas. Il s'y est installé pour le travail et puis il s'est marié. Un jour, il est venu me rendre visite chez moi, à Soutomaior, j'étais en train d'éplucher des pommes de terre et il me dit, allez maman, ramasse tes affaires et viens vivre avec moi. Mais moi je lui réponds, qu'est-ce que je vais faire avec les animaux et avec la maison, mon fils ? Qui va s'occuper de la maison ? Et lui il me fait, écoute-moi bien, maman, il y aura toujours quelqu'un pour s'occuper des animaux, on n'a qu'à les laisser aux voisins, et la maison, personne ne va emporter la maison, ne t'en fais pas. Et c'est ce qu'on a fait. Je suis partie à Madrid.

Et vous avez aimé Madrid ?

Comment ?

Vous avez aimé Madrid ?

Beaucoup. J'ai beaucoup aimé.

La vieille fouilla au fond de son sac et en tira un petit miroir et un bâton de rouge à lèvres.

J'ai beaucoup aimé ça, répéta-t-elle après s'être pomponnée. Mais je n'arrivais pas à dormir. Mon fils habitait un appartement, un tout petit appartement, mais très bien conçu. Enfin, ça pouvait aller. Ma belle-fille est un vrai bijou. Moi je lui ai toujours dit de se chercher une fille de la campagne, mais, bon, il s'est marié là-bas, et je t'ai déjà dit cette fille est une vraie merveille, très mince, ça il n'y a aucun doute, très belle. Elle ne me laissait rien faire. Elle ne me laissait même pas faire la vaisselle. *Maman* — elle m'appelait maman —, *vous êtes ici pour vous reposer, vous avez assez travaillé toute votre vie.* Moi, ma fille ? J'ai travaillé comme tout le monde. *Pas du tout, maman, asseyez-vous.* Mais le véritable problème, mon garçon, c'est que je n'arrivais pas à dormir. Les cloisons étaient si minces. À l'appartement du dessus, ils avaient un enfant, un bébé qui pleurait, bien entendu. Son berceau était juste au-dessus de ma chambre. Tu ne vas pas me croire, mais les parents, ces ignobles individus, ne se levaient même pas pour le consoler un peu. Les nuits passaient et l'enfant n'arrêtait pas de pleurer jusqu'à ce qu'il s'écroule de fatigue, le pauvre. Moi, ça me tournait les sangs. Un jour, j'ai croisé la mère dans l'entrée et je le lui ai dit, ah ça, tu peux me croire que je lui ai dit ce que je pensais. Je lui ai dit qu'elle n'avait pas de cœur, pour laisser pleurer un enfant de cette façon. Et tu sais ce qu'elle m'a répondu cette insolente ? *Occupez-vous de ce qui vous regarde.* Voilà ce qu'elle m'a répondu, que le diable l'emporte. Mais ce n'est pas ça le pire.

Je l'observai du coin de l'œil. Elle avait les lèvres serrées et se frottait les mains.

Le pire c'est que ma belle-fille m'a répondu exactement la même chose. *Ça ne vous regarde pas, maman, chacun vit sa vie.* Cette nuit-là, l'enfant s'est remis à pleurer. Moi, ça me tournait les sangs. Alors je suis partie. Qu'est-ce que tu aurais fait, toi ? Je suis partie le lendemain même.

En descendant la pente de Meixueiro, la silhouette chaotique et nonchalante de Vigo se découpa dans le fond, précédant le paysage paradisiaque de la baie.

Vous allez du côté de Residencia ?

Non, non. Dépose-moi à l'entrée, je vais m'arranger.

Si vous voulez, je vous dépose chez votre médecin. Je ne suis pas pressé.

Elle refusa à nouveau, mais lorsque je dus m'arrêter au feu rouge de la place d'Espagne, elle posa sa main sur mon genou et s'approcha de moi sur un air de confidence. Est-ce que tu sais où se trouve

Nova Olimpia ? Sa question me surprit, mais je lui dis oui. Oui, je crois que je sais. Eh bien, déposemoi là-bas. Aujourd'hui il y a un bal du troisième âge, tu sais ? Lorsque je suis revenue de Madrid, je me suis fait un fiancé.

Il ne serait pas médecin, par hasard ?

Mais non, absolument pas ! s'exclama-t-elle en éclatant de rire.

Champs de coton

La 3e compagnie, en tenue de sport, était réunie dans la cour. Il pleuvait et les gouttes dégoulinaient sur les visages figés de la troupe. La 3e compagnie était une machine parfaite. Une fois libérés, les soldats ne pouvaient même pas se permettre de se venger en accrochant leur cadenas au câble d'acier qui maintenait le poteau téléphonique à la base du pont de la rivière Urumea. Ce plaisir leur était interdit, tout simplement parce que les casiers de la 3e compagnie n'avaient pas de cadenas.

À cette heure de la mi-journée, la vie dans la caserne se retranchait derrière les vitres. Mais rien au monde ne pouvait faire changer le programme prévu pour l'instruction de la 3e compagnie, même pas cette maudite pluie. Impassible sous le déluge, le capitaine Aguirre lançait des ordres qui résonnaient impérieusement sous le porche. Pour le capitaine Aguirre, il y avait deux catégories d'hommes dans la caserne : les soldats de la 3e compagnie et les autres, un conglomérat confus de couards, de trouillards et de tapettes.

Affecté au central téléphonique, j'appartenais à cette dernière catégorie. Mais, en cet après-midi de chien derrière la vitre de mon guichet, je bénissais la chance que j'avais de n'être qu'un sous-homme. Jusqu'à ce que la sonnerie fracassante qui annonçait les appels ne se déclenche.

— Caserne d'Infanterie. J'écoute.

— Est-ce que José est là ? demanda une lointaine voix de femme.

— José ? Quel José ?

— José, c'est toi ? Est-ce qu'on peut appeler José ?

— Quel José, madame ? Il y a beaucoup de José, ici.

— Je voudrais qu'on donne une permission à José. C'est pour le coton, vous comprenez ? Pour la cueillette du coton.

— À cette heure, on ne peut pas téléphoner aux gens, madame. Appelez plus tard, après six heures et demie.

— Mon mari est malade. Laissez sortir José. C'est pour le coton.

— Avec quel José voulez-vous parler, madame ? Je vais prendre le message et vous pourrez parler avec lui après six heures et demie. Mais il faut me dire son nom de famille. Il y a beaucoup de José, ici.

— C'est pour le coton, vous comprenez ? Nous avons besoin de lui.

— Ce n'est pas moi qui décide, madame. Je ne suis que le standardiste.

— Quinze jours. C'est pour cueillir le coton.

— Un instant, madame ; patientez un instant.

La sonnerie se déclencha une nouvelle fois et la petite lumière indiquant un appel du colonel s'éclaira sur le tableau électronique.

— À vos ordres, mon colonel.

— Mettez-moi en communication avec l'état-major de Burgos.

— Oui. Tout de suite, mon colonel.

J'appuyai à nouveau sur la touche de la ligne extérieure numéro 5, en espérant que la femme aurait raccroché. Mais non.

— Écoutez, écoutez. Ne coupez pas. J'ai fait beaucoup de kilomètres à pied pour vous appeler. Je veux seulement que vous laissiez sortir José. C'est pour la cueillette du coton.

— Je vous répète, madame, que je ne m'occupe que du standard. Ce n'est pas moi qui accorde les permissions. Il faut appeler après six heures et demie...

— Vous semblez être quelqu'un de bien. Un peu de cœur. Laissez sortir José. Dans quinze jours, il sera de retour.

— S'il vous plaît, madame, écoutez ce que je vous dis. Moi...

La maudite sonnerie insistait rageusement. La petite lumière du colonel scintillait sur le tableau.

— À vos ordres, mon colonel.

— Alors, cette communication avec l'état-major ?

— Occupé, mon colonel. J'insiste, mon colonel.

La petite lumière de la ligne numéro 5 était toujours allumée, et clignotait de façon pressante. J'appuyai de toutes mes forces avec l'espoir de la faire taire pour toujours.

— Madame ? Vous êtes là, madame ?

— Ne coupez pas, s'il vous plaît. J'ai fait des kilomètres...

— Pour l'amour du ciel, madame. Vous êtes au standard. Je suis le standardiste. Vous comprenez ? Rien que le standardiste !

— Pour vous, ce n'est pas grand-chose, un de plus ou un de moins. Mais nous, nous avons besoin de José pour cueillir le coton.

— Dites-moi son nom, madame. Le nom complet. Vous entendez ? Le nom complet. Dites-moi le nom de famille de votre fils.

— Vous allez le laisser sortir ?

— Écoutez. Vous devez me dire comment s'appelle José. Je ne peux rien faire si vous ne me dites pas le nom de famille de José.

— José...

— José, oui. Mais encore ? Mais encore, madame...

— García.

— José García García ?

— Oui, monsieur. José García. Vous allez le laisser sortir. Il faut qu'il soit ici mercredi. Quand allez-vous le laisser sortir ?

J'imaginai le visage de la femme, cheveux blancs, cinquante ans environ, agrippée au téléphone, les yeux rivés sur le fond métallique de la cabine. La petite lumière du colonel me fit revenir à la réalité.

— Toujours pas libre, mon colonel. Ça continue...

— Mais qu'est-ce qu'il se passe avec cet appel, soldat ?

— Toujours pas libre, toujours pas, mon colonel. J'appelle à nouveau.

Il raccrocha en grognant. Et je décidai d'oublier la ligne numéro 5. J'appelai à nouveau l'état-major de Burgos. Nom de Dieu, encore occupé. Dans la cour, ceux de la 3e compagnie marchaient dans les flaques, leurs jambes étaient pleines de boue. Mon doigt trembla lorsque j'appuyai sur la ligne numéro 5. Elle était toujours là. On l'entendait respirer.

— Madame, murmurai-je.

— Il peut venir, José ? demanda-t-elle d'une voix angoissée.

— Madame, il faut que je sache dans quelle compagnie il se trouve, votre José.

— Dans l'Infanterie. Vous ne connaissez pas mon José ? Il est dans l'Infanterie.

— Nous sommes tous dans l'Infanterie, madame. Ici, c'est une caserne d'Infanterie.

J'allais crier. Ma tête tournait. C'est alors que la porte du standard s'ouvrit. Je me levai d'un bond et m'immobilisai en tremblant.

— Qu'est-ce qu'il se passe avec cet appel de Burgos, soldat ?

— Ça n'est pas libre, mon colonel. Je vous jure que c'est toujours occupé. Ce n'est pas normal, mon colonel, mais c'est tout le temps occupé. J'essaie à nouveau.

Il décida d'attendre à côté du téléphone, en regardant avec méfiance vers le tableau électronique. Je composai le numéro de mémoire. Et la communication s'établit.

— Enfin, monsieur. Voilà l'état-major. Je transfère la ligne à votre bureau ?

Il empoigna le combiné sans rien dire et parla depuis mon guichet. Il commenta les résultats du concours hippique, et son visage renfrogné devint radieux, tandis que moi, toujours au garde-à-vous, je fixais la petite lumière de la ligne numéro 5, qui mourait comme un oiseau.

Que me veux-tu, mon amour?

Amour, je viens me plaindre
de ma femme, qui t'envoie
toujours me réveiller là où je dors
et me fait souffrir une bien lourde peine.
Puisqu'elle ne veut ni me voir ni me parler,
que me veux-tu, Amour?

FERNANDO ESQUIO

Je rêve de la première cerise de l'été. Je la lui tends et elle la porte à sa bouche, me regarde de ses yeux tendres, diaboliques, tandis qu'elle savoure la pulpe. Soudain elle m'embrasse et sa bouche me rend la cerise. Et moi, je suis touché pour toujours, le noyau de la cerise roulant toute la journée sur le clavier de mes dents comme une note de musique sylvestre.

Le soir : «J'ai quelque chose pour toi, mon amour.»

Je dépose le noyau de la première cerise dans sa bouche.

Mais, en réalité, elle n'est venue ni pour me voir ni pour me parler.

Elle embrasse et console ma mère, puis s'apprête à sortir. Regardez-la. J'aime tellement son allure ! On dirait qu'elle est tout le temps sur des patins !

Le rêve d'hier, celui qui me faisait sourire lorsque la sirène de l'ambulance s'ouvrait un chemin vers nulle part, c'était qu'elle patinait parmi les plantes et les objets en porcelaine d'un salon vitré et qu'elle finissait par atterrir dans mes bras.

Le matin, de bonne heure, j'étais allé la voir à l'Hyper. Son travail consistait à fournir de la monnaie aux caissières et à transmettre des messages parmi les rayons. Pour la rencontrer, je n'avais qu'à attendre à côté de la caisse principale. Elle est arrivée, patinant avec grâce le long du couloir ciré. Elle a freiné d'un demi-tour et ses longs cheveux bruns se sont balancés au rythme de la jupe plissée rouge de son uniforme.

« Que fais-tu ici, si tôt, Tino ? »

« Rien. » Je fais l'innocent. « Je suis venu chercher de la nourriture pour la chienne. »

Elle faisait toujours des caresses à Perla. Inutile de dire que j'avais tout planifié. La promenade nocturne de Perla était rigoureusement soumise aux horaires d'arrivée de Lola. C'étaient les minutes les plus belles de la journée, là, dans l'entrée du bloc

Les Tulipes, quartier des Fleurs, nous faisions tous les deux des caresses à Perla. Parfois ça ratait, à 9 h 30 elle n'était toujours pas arrivée, et je prolongeais, prolongeais la promenade de la chienne jusqu'à ce que Lola surgisse dans la nuit, en faisant résonner ses talons, qui faisaient à leur tour résonner mon cœur. Dans ces moments-là, je devenais très anxieux et il me semblait qu'elle était une dame, d'où sortait-elle donc ? et moi un morveux. J'étais furieux contre moi. Dans le miroir de l'ascenseur, je voyais le portrait d'un type sans avenir, sans travail, sans voiture, affalé dans un sofa, avalant toute la merde que déversait la télé, ratissant la monnaie dans les tiroirs pour acheter du tabac. Dans ces moments-là j'avais l'impression que c'était Perla qui tenait la laisse pour aller me promener. Et si maman me demandait pourquoi j'étais resté si longtemps dehors avec la chienne, je trouvais n'importe quel prétexte. C'était bien fait pour elle !

Ainsi donc j'étais allé à l'Hyper pour la voir et me donner du courage. « La nourriture pour chiens se trouve à côté des couches pour bébés. »

Elle s'est éloignée sur ses patins, en faisant onduler sa chevelure au même rythme que sa jupe. Cela m'a rappelé l'envol de ces oiseaux migrateurs, flamants ou grues, que l'on voit dans les documentaires après le déjeuner.

Tout était bien préparé. Dombo m'attendait sur le parking de l'Hyper avec la tire volée cette nuit. Il m'avait montré l'arme. Je l'avais soupesée. Ce n'était qu'un pistolet à air comprimé mais il était impressionnant. Ça pouvait intimider les gens. J'allais ressembler à Robocop ou à un mec comme ça. Au début nous avions hésité à utiliser un flingue factice ou à scier le vieux fusil de chasse de son père. « Un fusil à canon scié, ça fout vraiment les chocottes », avait dit Dombo. Moi, j'avais beaucoup réfléchi sur ce coup. « Écoute-moi, Dombo, il faut que ça se passe calmement, très proprement. Avec le fusil on va nous prendre pour des malades, des junkies ou un truc comme ça. Les gens vont s'énerver, et lorsque les gens s'énervent ils font n'importe quoi. Tout le monde préfère les professionnels. L'essentiel c'est de rester chacun à sa place. Sans faire d'histoires, sans bricoler quoi que ce soit. Comme des professionnels. Alors on ne va rien scier du tout. Le pistolet sera suffisamment impressionnant. » Dombo n'était pas d'accord non plus pour y aller à visage découvert. Je lui ai expliqué ceci : « Il faut qu'on nous prenne au sérieux, Dombo. Les professionnels ne se ridiculisent pas avec des bas sur la tête. » Ce géant de Dombo me témoignait une confiance attendrissante. Ses yeux brillaient lorsque je parlais. Si j'avais eu autant de confiance pour moi, aujourd'hui le monde serait à mes pieds.

Nous avions laissé la voiture sur le marché d'Agra de Orzán et pris les sacs de sport. À midi, et ainsi que nous l'avions prévu, la rue Barcelone, piétonne et commerçante, était noire de monde. Tout allait être très simple. La porte de l'agence venait de s'ouvrir pour laisser entrer une vieille dame et nous lui emboîtâmes le pas. J'avais tout répété. « S'il vous plaît, messieurs-dames, pas de panique. Ceci est un hold-up. » Je fis un geste calme avec mon pistolet et tous les clients se regroupèrent, en bon ordre et en silence, dans le coin signalé. Un type, très coopératif, insistait pour me remettre son portefeuille, mais je lui dis de le garder, on n'était pas des voleurs ordinaires. « Vous, s'il vous plaît, remplissez les sacs », demandai-je à un employé à l'air efficace. Il le fit en un tournemain, et Dombo, gagné par l'allure civilisée que prenaient les événements, le remercia. « Maintenant, pour qu'il n'y ait pas de problèmes, vous êtes priés de ne pas bouger pendant dix minutes. Vous avez tous été très aimables. » Puis on quitta les lieux comme s'il s'agissait d'une blanchisserie.

« Halte ou je tire ! »

Calmons-nous. Je continue à marcher comme si de rien n'était. Encore un, deux, trois pas, et je vais filer comme une flèche. Trop de monde. Dombodán, lui, fonce sans réfléchir. Il s'ouvre un passage comme un joueur de rugby. Moi je joue dans un autre film.

« Arrête-toi, salopard, ou je tire ! »

Je sors le pistolet du sac ouvert et me retourne lentement, en visant de la main droite.

« Tu as un problème, mon vieux ? »

C'est le type qui tout à l'heure m'avait offert son portefeuille. Il est planté devant moi, jambes écartées, un revolver serré dans ses deux mains. C'est un professionnel. Certainement un policier en civil.

« Fais pas le con, gamin. Lâche ce jouet. »

Et moi, je souris, je lui dis va te faire foutre. Et je lui jette le sac à la gueule, avec tout le fric qui s'envole et retombe au ralenti. « Trou du cul, salaud ! » Et je me mets à courir, les gens s'écartent, terrorisés, mais manque de pot, les gens qui s'écartent ouvrent un couloir mortel en pleine rue, un trou qui s'agrandit, un tunnel devant moi, un trou derrière. Ça brûle. Comme une piqûre de guêpe.

La sirène de l'ambulance. Je souris. L'infirmier me regarde avec étonnement parce que je souris. Et Lola patine entre des roses trémières et des azalées, dans un salon vitré. Elle s'approche de moi. Elle m'embrasse. C'est notre maison. Elle veut me faire la surprise, sur ses patins, avec sa jupe rouge plissée qui se balance au rythme de sa chevelure, le baiser de la cerise.

Le soir, à travers la vitre de la porte, je peux lire l'enseigne lumineuse des Pompes funèbres. « Prière de parler à voix basse. Pour le bien de tous. » Dombo, le fidèle géant, Dombo est venu. « Sincères condoléances », dit-il affligé à ma mère. N'allez pas me dire que c'est pas marrant. On dirait du Cantinflas. C'est à pleurer de rire. Et il m'a regardé, les yeux noyés de larmes. « Dombo, espèce d'idiot, fiche le camp d'ici, prends le fric et va t'acheter une maison avec un salon vitré et une télé Trinitron avec un méga écran. » Mais Dombo n'arrête pas de pleurer, les mains enfoncées dans les poches. Il va tout inonder. Des larmes aussi grosses que des grains de raisin.

Et il y a Fa, madame Josefa, la voisine d'en face. Elle, elle a toujours su ce qui se passait. Son regard était un reproche incessant. Mais je lui suis reconnaissant. Elle n'a jamais rien dit. Ni en bien ni en mal. Je la saluais : « Bonjour, Fa », et elle rouspétait à voix basse. Elle sait tout ce qui se trafique dans le monde. Mais elle ne disait rien. Elle aidait maman, un point c'est tout. Le soir, elles fumaient une Chester et sirotaient une larme de porto, tandis que moi je tripotais la télécommande. Et maintenant ça continue, elle soutient maman. De temps en temps elle tourne la tête vers moi mais son regard ne me reproche plus rien. Elle se signe et elle prie. Une vraie professionnelle.

C'est pour bientôt. Sur l'écran lumineux je peux voir l'horaire des enterrements. À 12 h 30, à Feáns.

Lola prend congé de maman et s'apprête à sortir de la pièce où se tient la veillée funèbre. Quelle façon de marcher ! Même avec ses chaussures, on dirait qu'elle vole. On dirait un flamant rose, ou quelque chose comme ça ! Mais qu'est-ce qu'elle fait ? Elle se retourne tout d'un coup, elle patine vers moi avec sa jupe plissée et se colle à la vitre. Elle me regarde d'un air étonné, comme si elle me voyait pour la première fois.

« Impressionnée, hein ?

— Mais Tino, pourquoi avoir fait ça ? »

Ses yeux sont tendres, diaboliques, et ses lèvres sont entrouvertes.

Je rêve à la première cerise de l'été

La langue des papillons

À Chabela

« Quoi de neuf, Moineau ? J'espère que cette année nous pourrons enfin observer la langue des papillons. »

Le maître attendait depuis longtemps que l'Éducation nationale lui envoie un microscope. Il nous parlait si souvent de la façon dont les choses minuscules et invisibles s'agrandissent à travers cet appareil, que nous, les enfants, finissions par les voir vraiment, comme si ses mots enthousiastes étaient devenus des lentilles grossissantes.

« La langue d'un papillon ressemble à une trompe enroulée comme le ressort d'une montre. Lorsqu'il est attiré par une fleur, le papillon la déroule et l'introduit dans le calice pour aspirer le pollen. Quand vous plongez le doigt humide dans un sucrier, vous sentez un goût sucré dans votre bouche, n'est-ce pas, comme si le bout du doigt était le bout de la langue ? Eh bien, la langue des papillons, c'est pareil. »

Et nous étions alors tous jaloux des papillons. Quelle merveille ! Aller de par le monde en voletant, avec des costumes de fête, et pénétrer dans les fleurs comme dans des tavernes pleines de tonneaux débordant de sirop.

J'aimais beaucoup ce maître. Au début, mes parents n'y croyaient pas. Je veux dire qu'ils n'arrivaient pas à comprendre que je puisse aimer mon maître. Lorsque j'étais tout petit, l'école représentait une menace terrible. Un mot dont on se servait comme d'une poignée de verges.

« Tu verras, quand tu iras à l'école ! »

Deux de mes oncles, comme beaucoup d'autres jeunes, avaient émigré en Amérique pour ne pas faire la guerre du Maroc. Et moi aussi, j'avais rêvé d'aller en Amérique pour ne pas aller à l'école. On racontait des histoires de gosses qui fuyaient dans la montagne pour échapper à ce supplice. Ils réapparaissaient au bout de deux ou trois jours, transis de froid et incapables de parler, comme les déserteurs du Ravin au Loup.

J'allais sur mes six ans et tout le monde m'appelait Moineau. D'autres enfants de mon âge travaillaient déjà. Mais mon père était tailleur et n'avait ni terres ni animaux. Il préférait me savoir loin, plutôt qu'en train de faire des bêtises dans son petit atelier de couture. Je passais donc une bonne partie de mes journées à vagabonder sur l'Alameda et c'est Cordeiro, le balayeur d'ordures et de feuilles mortes, qui me donna ce sobriquet. « Tu ressembles vraiment à un moineau. »

Je crois que je n'ai jamais autant couru que cet été qui précéda mon entrée à l'école. Je courais comme un fou et parfois je dépassais les limites de l'Alameda et continuais plus loin, le regard fixé sur le sommet du mont Sinaï avec l'espoir qu'il me pousserait un jour des ailes pour atteindre Buenos Aires. Mais je n'ai jamais dépassé cette montagne magique.

« Tu verras quand tu iras à l'école ! »

Mon père racontait comme une torture, comme si on lui extirpait les amygdales à pleine main, la façon dont son maître à lui leur arrachait les j et les g de la gorge pour qu'ils ne le prononcent pas à la façon gutturale des paysans. « Tous les matins nous devions dire la phrase : *Los pájaros de Guadalajara tienen la garganta llena de trigo*. Que de coups nous avons reçus parce que nous prononcions Guadalagara ! S'il avait vraiment eu l'intention de me faire peur, il avait réussi. La veille de la rentrée, je n'ai pas dormi de la nuit. Recroquevillé dans mon lit, j'ai écouté la pendule du salon avec l'angoisse d'un condamné. Le jour se leva, aussi blanc qu'un tablier de boucher. Je n'aurais pas menti si j'avais dit à mes parents que j'étais malade.

La peur était un rat qui me rongeait les entrailles.

Et je me suis pissé dessus. Pas dans mon lit, mais à l'école.

Je m'en souviens parfaitement. Après tant d'années, je sens encore une humidité chaude et honteuse dégouliner le long de mes jambes. J'étais donc assis au dernier rang, recroquevillé, avec l'espoir que personne ne remarquerait ma présence jusqu'à la fin de la classe, et que je pourrais sortir et m'envoler jusqu'à l'Alameda.

« Voyons, vous, là-bas, levez-vous ! »

Le destin prévient toujours. J'ai levé les yeux et, terrorisé, je me suis aperçu que cet ordre m'était destiné. Le maître, aussi laid qu'une bestiole, pointait sa règle sur moi. Elle était courte et en bois, mais pourtant j'avais l'impression que c'était la lance d'Abd el-Krim.

« Comment vous appelez-vous ?

— Moineau. »

Tous les enfants éclatèrent de rire. J'eus l'impression qu'on me frappait les oreilles avec des boîtes de conserve.

« Moineau ? »

Je ne me souvenais de rien. Même pas de mon nom. Tout ce que j'avais vécu jusqu'alors avait disparu de ma tête. Mes parents étaient devenus deux silhouettes floues qui s'estompaient au fond de ma mémoire. Je regardai vers la fenêtre, cherchant avec angoisse les arbres de l'Alameda.

C'est alors que je me suis pissé dessus.

Lorsque les autres enfants s'en sont aperçus, les rires ont redoublé et se sont mis à claquer comme des coups de fouet.

Je me suis enfui. Je me suis mis à courir comme un fou ailé. Je courais et courais, comme on court dans les rêves quand on est poursuivi par le croque-mitaine. Pour moi, c'était ce que le maître était en train de faire. Il me poursuivait. Je croyais sentir son haleine dans mon cou, et celle de tous les enfants, semblables à une meute de chiens chassant le renard. Arrivé à hauteur du kiosque à musique, j'ai regardé derrière moi et j'ai vu que personne ne m'avait suivi, que j'étais seul avec ma peur, trempé de sueur et d'urine. Le kiosque était vide. Personne ne semblait avoir remarqué ma présence, mais j'avais l'impression que tout le village jouait la comédie, que des douzaines d'yeux m'épiaient derrière les fenêtres, et que les langues médisantes ne tarderaient pas à rapporter la nouvelle à mes parents. Mes jambes ont décidé à ma place, elles ont marché vers le Sinaï, avec une détermination jusqu'alors inconnue. Cette fois-ci, j'irais jusqu'à La Corogne et j'embarquerais comme passager clandestin dans un de ces bateaux qui vont à Buenos Aires.

Depuis le sommet du Sinaï on ne voyait pas la mer, mais une montagne encore plus grande, avec des rochers découpés comme les tours d'une forteresse inaccessible. Je me souviens maintenant, avec un mélange de stupeur et de nostalgie, de ce que je fus capable de faire ce jour-là. J'étais tout seul, au sommet de la montagne, assis sur un siège de pierre, sous les étoiles, tandis que dans la vallée se déplaçaient, telles des lucioles, tous ceux qui me recherchaient à la lueur de leurs lanternes. Mon nom déchirait la nuit et se mêlait aux aboiements des chiens. Je n'avais pas peur. C'était comme si j'avais dépassé la frontière de la peur. Voilà pourquoi je n'ai pas pleuré, ni offert de résistance lorsque l'ombre robuste de Cordeiro se planta devant moi. Il m'enveloppa dans son manteau et me prit dans ses bras. « Calme-toi, Moineau, c'est fini maintenant. »

J'ai dormi comme un bienheureux cette nuit-là, collé contre ma mère. Personne ne m'avait grondé. Mon père était resté dans la cuisine, fumant silencieusement, les coudes sur la toile cirée, et entassant les mégots dans le cendrier, une coquille Saint-Jacques, comme il l'avait fait lorsque grand-mère était morte.

J'eus l'impression que ma mère ne m'avait pas lâché la main de toute la nuit. C'est ainsi qu'elle m'emmena à l'école le lendemain, comme serré dans un couffin. Alors, le cœur tranquille, je pus pour la première fois fixer mon regard sur le maître. Il avait une tête de crapaud.

Le crapaud souriait. Il me pinça la joue avec tendresse. « J'aime bien ce nom, Moineau. » Et son pincement me fit l'effet d'un flan au café. Mais le plus incroyable c'est qu'au milieu d'un silence absolu, il me prit par la main et me fit asseoir sur sa chaise. Il resta debout, saisit un livre et dit :

« Nous avons un nouveau camarade. C'est une joie pour nous tous, et nous allons l'accueillir avec des applaudissements. » J'ai cru que j'allais pisser à nouveau dans mon froc, mais je n'ai senti de l'humidité que dans mes yeux. « Bien, et maintenant nous allons lire un poème. À qui le tour ? Romualdo ? Allons, Romualdo, approche-toi. Souviens-toi bien, lentement et en portant la voix. »

Romualdo était plutôt ridicule avec ses culottes courtes. Il avait des jambes très longues et mates, avec des genoux couverts de blessures.

Un après-midi sombre et froid...

« Un instant, Romualdo, qu'est-ce que tu vas lire ?

— Une poésie, monsieur.

— Et quel est son titre ?

— *Souvenir d'enfance.* Son auteur est don Antonio Machado.

— Très bien, Romualdo, vas-y. Lentement et en portant la voix. N'oublie pas la ponctuation. »

Ledit Romualdo, dont je savais qu'il était d'Altamira et qu'il transportait des pommes de pin, commença à se racler la gorge comme un vieux fumeur et lut d'une voix incroyablement splendide, qu'on aurait dit directement sortie de la radio de Manolo Suárez, l'émigrant de Montevideo.

Un après-midi sombre et froid
d'hiver. Les collégiens
étudient. Monotonie
de pluie derrière les vitres.
C'est la classe. Sur une affiche
sont représentés Caïn
fugitif, et Abel mort
tout près d'une tache carmin...

« Très bien. Que signifie *monotonie de pluie,* Romualdo ? demanda le maître.

— Qu'il pleut depuis des jours et des jours, don Gregorio. »

« As-tu fait la prière, à l'école ? » me demanda ma mère, tout en repassant les vêtements que mon père avait cousus pendant la journée. Dans la cuisine, la marmite où mijotait le dîner exhalait d'aigres relents de feuilles de navets.

« Bien sûr, répondis-je avec assurance. C'était une prière qui parlait de Caïn et Abel.

— C'est très bien, dit ma mère. Je me demande pourquoi les gens disent que le nouveau maître est un athée.

— Qu'est-ce que c'est un athée ?

— Quelqu'un qui prétend que Dieu n'existe pas. »

Maman eut un geste d'humeur et écrasa énergiquement les plis du pantalon avec le fer.

« Papa est-il athée ? »

Maman posa le fer sur la table et me regarda fixement.

« Pourquoi ton père serait-il athée ? Comment oses-tu me poser une question aussi saugrenue ? »

J'avais très souvent entendu mon père blasphémer contre Dieu. Tous les hommes le faisaient. Quand quelque chose n'allait pas, ils crachaient par terre et disaient des choses terribles contre Dieu. Ils associaient les deux choses : « Putain de Dieu et putain de Diable. » J'avais l'impression que seules les femmes croyaient en Dieu.

« Et le Diable ? Il existe, le Diable ?

— Évidemment ! »

L'ébullition faisait sauter le couvercle de la marmite. De sa bouche de mutante sortaient des jets de vapeur et des bulles d'écume. Un papillon de nuit voletait au plafond autour de l'ampoule suspendue au bout du fil électrique. Ma mère bougonnait comme chaque fois qu'elle devait repasser. Son visage se crispait lorsqu'elle marquait le pli des pantalons. Mais elle parlait maintenant d'un ton doux et un peu triste, comme si elle évoquait un pauvre malheureux :

« Le Diable était un ange, mais il est devenu méchant. »

Le papillon cogna contre l'ampoule, qui se balança légèrement et fit bouger les ombres.

« Aujourd'hui, le maître nous a dit que les papillons ont une langue, une langue très fine et très longue enroulée comme le ressort d'une montre. Il va nous la montrer grâce à un appareil qu'on doit lui envoyer de Madrid. C'est incroyable, cette histoire de papillons qui ont une langue !

— S'il le dit, ça doit être vrai. Très souvent, des choses invraisemblables finissent par être exactes. Tu t'es plu à l'école ?

— Beaucoup. Et il ne frappe personne. Ce maître ne nous bat pas. »

Non, le maître, don Gregorio, ne frappait personne. Au contraire. Il souriait presque toujours, avec sa tête de crapaud. Quand deux enfants se chamaillaient à la récréation, il les appelait. « On dirait des béliers », disait-il. Pour finir, ils se serraient la main. Ensuite il les faisait asseoir au même pupitre. C'est ainsi que j'ai connu mon meilleur ami, Dombodán, grand, généreux et pataud. Il y avait un autre garçon, Eladio, qui avait un grain de beauté sur la joue, à qui j'aurais volontiers cassé la figure, mais je ne l'ai jamais fait de peur que le maître ne m'oblige à lui serrer la main et à me séparer de Dombodán. La façon qu'avait don Gregorio de se montrer fâché c'était le silence.

« Si vous ne vous taisez pas, c'est moi qui vais devoir me taire. »

Et il s'éloignait vers la fenêtre, le regard absent, perdu dans le Sinaï. C'était un silence prolongé, inquiétant, comme s'il nous avait abandonnés dans un pays inconnu. Je me suis très vite aperçu que le silence du maître était le pire des châtiments. Parce que tout ce qu'il évoquait était transformé en conte fascinant. Un conte qui pouvait commencer avec une feuille de papier, puis passer par l'Amazone, pour finir par la systole et la diastole du cœur. Tout s'articulait, tout prenait du sens. L'herbe, la laine, la brebis, le froid que j'éprouvais. Quand le maître se dirigeait vers la mappemonde, nous étions aussi attentifs que lorsque l'écran du cinéma Rex s'éclairait. Nous éprouvions la même peur que les Indiens lorsqu'ils entendirent pour la première fois les hennissements des chevaux et la détonation de l'arquebuse. Nous avancions vers Rome sur le dos des éléphants d'Hannibal le Carthaginois, à travers les neiges des Alpes. Nous luttions contre les troupes de Napoléon avec des bâtons et des pierres, à Ponte Sampaio. Mais il n'y avait pas que des guerres. Nous fabriquions des faucilles et des socs dans les forges d'Incio. Nous écrivions des poèmes d'amour en Provence et sur la mer de Vigo. Nous construisions le Portique de la Gloire. Nous plantions les pommes de terre venues d'Amérique. Et nous émigrâmes même en Amérique à l'époque de la peste de la pomme de terre.

« Les pommes de terre viennent d'Amérique ? demandai-je à ma mère lorsque, à l'heure du déjeuner, elle posa l'assiette devant moi.

— Qu'est-ce que tu racontes ? D'Amérique ! Il y a toujours eu des pommes de terre ici ! conclut-elle.

— Pas du tout, avant on mangeait des châtaignes. Et le maïs aussi vient d'Amérique. »

Je m'étais aperçu pour la première fois que, grâce à mon maître, je savais des choses importantes ignorées de mes parents.

Mais les moments les plus fascinants, à l'école, c'était quand le maître nous parlait des bestioles. Les araignées d'eau avaient inventé le sous-marin. Les fourmis élevaient un troupeau qui leur fournissait du lait et du sucre, et elles cultivaient des champignons. En Australie, il y avait un oiseau qui peignait son nid de toutes les couleurs avec une sorte d'huile fabriquée avec des pigments végétaux. Je ne l'oublierai jamais. Son nom est le ptilonorhynque. Le mâle orne son nid tout neuf avec une orchidée pour attirer la femelle.

Cela me passionnait tellement, que je devins le fournisseur de bestioles de don Gregorio. Il considéra dès lors que j'étais son meilleur élève. Parfois, il passait chez moi les samedis et les jours fériés, et nous partions tous les deux en excursion. Nous longions les berges de la rivière, nous la traversions, nous nous enfoncions dans les bruyères, les forêts, et nous escaladions le mont Sinaï. Chacune de ces expéditions était pour moi une vraie découverte. Nous revenions toujours avec un trésor. Une mante religieuse. Une libellule. Un scarabée. Et à chaque fois, un papillon différent, bien que je ne me rappelle que le nom de l'un d'eux. Le maître l'appelait Iris. Il était resplendissant, et se posait sur la boue ou sur le fumier.

Au retour, nous chantions sur la route comme de vieux camarades. Les lundis, à l'école, le maître disait : « Et maintenant, nous allons parler des bestioles de Moineau. »

Pour mes parents, ces attentions du maître étaient un honneur. Les jours d'excursion, ma mère préparait le repas pour nous deux : « Ce n'est pas nécessaire, madame, j'ai déjà déjeuné », insistait don Gregorio. Mais au retour il disait : « Merci, madame, le repas était exquis. »

« Je suis sûre qu'il est dans le besoin, disait ma mère, le soir.

— Les maîtres ne gagnent pas autant qu'ils le méritent, confirmait mon père, solennellement et sûr de lui. Ce sont eux, les piliers de la République.

— La République, la République ! Nous verrons bien comment elle va finir, la République ! »

Mon père était républicain. Pas ma mère. Je veux dire que ma mère allait tous les jours à la messe et que pour elle les républicains étaient les ennemis de l'Église. Mes parents s'efforçaient de ne pas se quereller en ma présence, mais parfois je les surprenais.

« Qu'est-ce que tu as contre Azaña ? C'est le curé qui vous met ces choses-là dans la tête.

— Je vais à la messe pour prier, rétorquait ma mère.

— Toi peut-être, mais pas le curé. »

Un jour que don Gregorio était venu me chercher pour une chasse aux papillons, mon père lui dit que, s'il n'y voyait pas d'inconvénient, il aimerait bien prendre ses mesures pour lui faire un costume.

« Un costume ?

— Ne le prenez pas mal, don Gregorio. Je voudrais vous faire plaisir. Et tout ce que je sais faire, ce sont des costumes. »

Confus, le maître regarda autour de lui.

« C'est mon métier, précisa mon père en souriant.

— J'ai un grand respect pour les métiers », conclut le maître.

Don Gregorio porta ce costume toute une année, et il le portait encore ce jour de juillet 1936 où nous nous sommes croisés sur l'Alameda, sur le chemin de la mairie.

« Quoi de neuf, Moineau ? J'espère que cette année nous pourrons enfin observer la langue des papillons. »

Il se passait quelque chose d'étrange. Les gens avaient l'air pressé et cependant ils ne bougeaient pas. Ceux qui regardaient devant eux faisaient demi-tour. Ceux qui regardaient à droite tournaient à gauche. Cordeiro, le balayeur d'ordures et de feuilles mortes, était assis sur un banc, tout près du kiosque à musique. Je n'avais jamais vu Cordeiro assis sur un banc. Il regardait vers le ciel, la main en visière. Lorsque Cordeiro regardait de cette façon et que les oiseaux ne chantaient plus, l'orage n'allait pas tarder.

J'entendis le vrombissement d'une moto solitaire. C'était un garde civil qui avait fixé un drapeau sur son siège arrière. Il passa devant la mairie et dévisagea les hommes qui discutaient, inquiets, sous un porche. Il hurla : « *Arriba España !* » Puis il accéléra en faisant pétarader son engin.

Les mères commencèrent à appeler leurs enfants. Pour mes parents c'était comme si ma grand-mère venait de mourir une deuxième fois. Mon père accumulait des mégots dans le cendrier et ma mère pleurait et faisait des choses insensées, comme par exemple ouvrir le robinet, laver les assiettes propres et ranger les sales.

On frappa à la porte et mes parents regardèrent la poignée d'un air effrayé. C'était Amelia, la voisine, qui travaillait chez Suárez, celui qui avait vécu en Amérique.

« Vous savez ce qui se passe ? À La Corogne, les militaires ont décrété l'état de siège. On est en train de tirer sur le Parlement.

— Seigneur ! » et ma mère fit un signe de croix.

« Et ici, poursuivit Amelia à voix basse, comme si les murs avaient des oreilles, on dit que le maire a convoqué le capitaine des gardes civils, mais que celui-ci lui a fait savoir qu'il était malade. »

Le lendemain, on m'interdit de sortir dans la rue. Je regardais par la fenêtre, et tous ceux qui passaient ressemblaient à des ombres étriquées, comme si tout d'un coup l'hiver était arrivé et que le vent emportait les moineaux de l'Alameda comme des feuilles mortes.

Les troupes de la capitale arrivèrent et occupèrent la mairie. Maman était sortie pour aller à la messe et elle en revint pâle et triste, comme si elle avait vieilli en une demi-heure.

« Il se passe des choses terribles, Ramón », l'entendis-je dire, entre deux sanglots, à mon père. Lui aussi avait vieilli. Pire encore. On aurait juré que les forces l'avaient abandonné. Il s'était enfoncé dans un fauteuil et ne bougeait plus. Il ne parlait pas. Ne voulait pas manger.

« Il faut brûler tout ce qui risque de te compromettre, Ramón. Les journaux, les livres. Tout. »

C'est ma mère qui, ces jours-là, prit l'initiative. Un matin, elle obligea mon père à s'habiller élégamment et elle l'emmena avec elle à la messe. À leur retour, elle me dit : « Allez, Moncho, tu vas venir avec nous à l'Alameda. » Elle m'apporta mes habits du dimanche et, tout en m'aidant à faire mon nœud de cravate, elle ajouta, d'une voix très grave : « Souviens-toi de ceci, Moncho. Papa n'a jamais été républicain. Papa n'a jamais été l'ami du maire. Il n'a jamais dit du mal des curés. Et quelque chose encore de très important, Moncho. Papa n'a jamais fait cadeau d'un costume à ton maître.

— Mais si il lui en a fait cadeau.

— Non, Moncho. Il ne lui en a pas fait cadeau. As-tu bien compris ? Il ne lui en a jamais fait cadeau !

— D'accord, maman, il ne lui en a jamais fait cadeau. »

Il y avait une foule de gens tout endimanchés sur l'Alameda. Quelques groupes étaient même descendus des hameaux alentour, des femmes en deuil, de vieux paysans avec chapeau et gilet, des enfants à l'air effrayé, tous précédés de quelques hommes en chemise bleue et pistolet à la ceinture. Deux rangées de soldats formaient un couloir conduisant de l'escalier de la mairie à des camions aux remorques bâchées, comme ceux qu'on utilise pour transporter le bétail à la grande foire. Cependant, il n'y avait pas sur l'Alameda le brouhaha des jours de foire, mais plutôt le silence grave de la Semaine sainte. Les gens ne se saluaient pas. On aurait dit qu'ils ne se connaissaient pas. Tout le monde avait fixé son attention sur la façade de la mairie.

Un garde civil entrouvrit la porte et parcourut la foule du regard. Ensuite il ouvrit entièrement le battant et fit un geste du bras. Pieds et poings liés, la silencieuse file des détenus, escortée par d'autres gardes, sortit de la gueule noire de la bâtisse. J'ignorais les noms de certains d'entre eux, mais je les connaissais tous de vue. Le maire, les membres du syndicat, le bibliothécaire de l'Athénée Resplandor Obrero, Charli, le chanteur de l'orchestre Sol y Vida, le tailleur de pierres qu'on appelait Hercules et qui était le père de Dombodán... et au bout de la file, bossu et aussi laid qu'un crapaud, le maître.

On entendit quelques ordres et des cris isolés fusèrent sur l'Alameda semblables à des pétards. Peu à peu, un murmure s'éleva de la foule et se transforma en insultes.

« Traîtres ! Criminels ! Rouges ! »

« Pour l'amour du ciel, crie, toi aussi, Ramón, crie ! » Ma mère serrait le bras de mon père, elle le soutenait de toutes ses forces pour l'empêcher de s'évanouir. « Qu'ils te voient crier, Ramón, il faut qu'ils te voient crier ! »

Et c'est alors que j'entendis mon père murmurer : « Traîtres », d'une voix fluette. Et puis, de plus en plus fort : « Criminels ! Rouges ! » Il se libéra du bras de ma mère et s'approcha davantage de la colonne des soldats, en regardant le maître d'un air furieux. « Assassin ! Anarchiste ! Croque-mitaine ! »

Maintenant ma mère essayait de le retenir en tirant discrètement sur sa veste. Mais il était hors de lui. « Salaud ! Fils de pute ! » Je ne l'avais jamais entendu traiter quelqu'un de la sorte, même pas l'arbitre sur le terrain de football. « Sa mère n'a rien à voir dans tout ça, Moncho. Tâche de t'en souvenir. » Mais voilà qu'il se tournait maintenant furieusement vers moi, me commandant du regard, ses yeux injectés de sang, débordant de larmes. « Crie-lui toi aussi, Monchiño, crie-lui, toi aussi ! »

Quand les camions s'ébranlèrent, chargés de prisonniers, j'étais parmi les enfants qui coururent après eux, en lançant des cailloux. Je cherchais désespérément le visage du maître pour le traiter de traître et de criminel. Mais le convoi n'était plus qu'un nuage de poussière au loin, et moi, au milieu de l'Alameda, les poings serrés, je ne fus capable que de murmurer avec rage : « Crapaud ! Ptilonorhynque ! Iris ! »

Un sax dans le brouillard

I

Un homme avait besoin d'argent afin de s'acheter immédiatement un billet pour l'Amérique. Cet homme était un ami de mon père. Il possédait un saxophone. Mon père était menuisier et fabriquait les fameuses charrettes de par chez nous qui ont des roues en chêne et un axe en alisier. Il sifflait, tout en travaillant. Il gonflait les joues comme le jabot d'un rouge-gorge et ça sonnait très bien, comme une flûte et un violon, accompagnés par la percussion noble des outils sur le bois. Mon père fit une charrette pour un agriculteur riche, neveu du curé, et prêta l'argent à son ami qui voulait partir en Amérique. Cet ami avait joué de la musique dans le passé, à l'époque du syndicat ouvrier. Ce syndicat avait une fanfare. Et il donna son saxophone à mon père le jour même où il embarqua pour l'Amérique.

Et mon père le prit dans ses mains avec le plus grand soin, comme s'il était en verre.

— Peut-être un jour seras-tu capable de jouer *Francisco alegre, corazón mío.*

Mon père aimait beaucoup ce paso-doble.

Moi, j'avais quinze ans et je travaillais en tant qu'aide-maçon au bâtiment des Douanes, sur le port de La Corogne. Mon outil était une cruche. L'eau de la source Santa Margarida était celle que les hommes appréciaient le plus. J'allais la chercher tranquillement, en regardant les vitrines des boutiques et celle de la fabrique de Chocolate Exprés, sur la place de Lugo. Il y avait également une galerie avec trois cages d'oiseaux bariolés et un aveugle en train de vendre des billets de loterie et de complimenter les laitières. Quelquefois, je devais faire la queue devant la source, parce qu'il y avait d'autres garçons avec d'autres cruches qui venaient d'autres chantiers. On ne se parlait jamais. En retournant à mon chantier, je marchais vite. Les ouvriers buvaient l'eau, et moi je repartais vers la source, en regardant la vitrine de la fabrique de Chocolate Exprés et la galerie avec les trois cages à oiseaux, et je m'arrêtais devant l'aveugle qui maintenant adressait des compliments aux marchandes de poisson.

Lorsque je faisais le dernier voyage de la journée, j'abandonnais la cruche et je prenais la mallette du sax.

Pendant deux heures, le soir, je suivais les cours de musique de don Luis Braxe, dans la rue de

Santo Andrés. Le maître était pianiste, il gagnait sa vie en jouant la nuit dans une boîte de variétés, et aussi comme ça, avec des apprentis. Il consacrait une heure au solfège et l'autre heure à l'instrument. La première fois il m'a dit : « Prends-le comme ça, fermement et avec tendresse, comme si c'était une fille. » Je ne sais pas s'il l'a fait exprès, mais ce fut la leçon la plus importante de ma vie. La musique devait avoir un visage de femme que l'on veut séduire. Je fermais les yeux pour l'imaginer, pour pouvoir donner une couleur à ses cheveux et à ses yeux, mais je savais que tant que ne sortiraient de mon sax que des braiments d'âne, cette fille n'existerait pas. Pendant la journée, sur le chemin de la source de Santa Margarida, je marchais comme ensorcelé avec ma cruche, chantant des mélodies à voix basse, ne faisant que regarder les femmes qui passaient. Comme l'aveugle de la loterie.

Au bout d'un an d'apprentissage avec don Luis, il m'arriva une chose extraordinaire. En sortant du cours, je me suis arrêté devant la vitrine de Calzados Faustino, sur le Cantón. J'étais là, avec ma mallette, à regarder les chaussures comme s'il s'agissait d'un film de Fred Astaire, lorsqu'un homme très grand, chauve, au front énorme comme le linteau d'une porte, s'est approché de moi.

— Que portes-tu là, mon garçon ? me demanda-t-il simplement.

— Qui, moi ?

— Oui, toi. C'est un instrument, n'est-ce pas ?

Il était très grand et très costaud. La tête en avant, il avait laissé retomber ses longs bras, comme s'il en avait assez de porter le poids du monde.

— C'est un sax.

— Un sax ? Je me disais bien que ça devait être un sax. Tu sais en jouer ?

Je me suis rappelé le regard patient de mon professeur. Il y a du progrès, il y a du progrès. Mais, parfois, don Luis ne pouvait cacher ce qu'il pensait et je lisais son malaise dans ses yeux, comme si je venais de briser un précieux bijou de verre.

— Oui, évidemment que tu sais, disait maintenant l'inconnu qui ne m'avait jamais entendu jouer. Bien sûr que tu sais.

C'est ainsi que je suis entré dans l'Orquesta Azul. Cet homme-là s'appelait Macías, il en était le batteur et un peu le chef. Il avait besoin d'un sax pour le week-end, et il l'avait devant lui. Pour mes parents, il n'y avait pas de doute : Il faut saisir sa chance lorsqu'elle passe devant toi.

— Tu sais jouer *Francisco Alegre* ? Tu sais, n'est-ce pas ? Alors, vas-y.

Il m'avait donné une adresse pour me rendre à la répétition. Quand j'y suis arrivé, j'ai compris que je ne pouvais plus faire marche arrière. Le local se trouvait au premier étage de la fabrique de Chocolate Exprés. En fait, l'Orquesta Azul avait un succulent contrat publicitaire.

Chocolate exprés
¡Ay qué rico es!

Il fallait chanter en chœur cette phrase trois ou quatre fois lors de chaque prestation. En échange, la fabrique nous donnait une tablette de chocolat à chacun. Il faut bien comprendre que je parle de l'année 1949. On passait alors de longues périodes à ne sentir que des odeurs insipides, à ne manger que du bouillon, que des saletés de toutes sortes, et du pain noir. Inutile de dire que lorsque tu arrivais chez toi avec du chocolat, les yeux de tes frères s'allumaient comme des cierges devant une image pieuse. Oh oui, qu'il était bon, le Chocolate Exprés.

Au-delà des mers
Crépuscule en poupe,
Orsquesta Azul.
Orquesta Azul!

En réalité, l'Orquesta Azul n'avait jamais pris le large. Une fois, c'est vrai, il avait joué à Ponferrada. Mais c'était une façon distinguée de se présenter, à l'époque. L'Amérique était un rêve, y compris pour les orchestres galiciens. La légende voulait que, si tu obtenais un contrat pour aller jouer à Montevideo et à Buenos Aires, tu pouvais en revenir avec un chapeau et cette mine superbe qui éclaire le visage de ceux qui ont le portefeuille bien rempli. Si j'y allais avec ma cruche, je mettrais un jour et une nuit pour parcourir une avenue de Buenos Aires, et l'eau arriverait pleine de grenouilles. C'est un ouvrier du chantier qui m'avait raconté ça un jour. Beaucoup d'orchestres avaient un nom américain. Il y avait l'Orquesta Acapulco, qui venait des montagnes avoisinantes, et qui se présentait ainsi :

Tintintín, tirititín...
Nous nous adressons à notre distingué public en castillan car nous avons oublié le galicien depuis notre dernière tournée en Amérique latine.

Cacahouèèète !
Si tu veux être à la fête,
Achète-toi un cornet de cacahouètes...

Il y avait aussi des orchestres avec des noms mexicains. La mouvance mexicaine a toujours beaucoup plu en Galice. Dans toutes nos chansons il y avait un cheval, un revolver et une femme avec un nom de fleur. Que faut-il de plus à un homme pour se croire le roi ?

L'Orquesta Azul abordait également les *corridos*. Mais son répertoire était très varié : boléros, cumbias, paso-doble, cuplés, polkas, valses, jotas galiciennes, bref : tous les genres. Quelque chose de sérieux, quoi ! Huit hommes sur une estrade vêtus de pantalons noirs et de chemises bleu marine, avec des jabots en dentelle blanche et des volants sur les manches.

Pendant la semaine, Macías travaillait à la Poste. Je l'imaginais collant des timbres et mettant des tampons comme s'il frappait sur ses cymbales et sa grosse caisse. Le chanteur s'appelait Juan María. Il était barbier. Un homme très baraqué. Toutes les filles brûlaient d'amour pour lui.

— Tu viens danser avec moi, Juan María ?

— Va te faire voir !

Et puis, il y avait Couto, le contrebassiste, qui, la semaine, travaillait dans les hauts-fourneaux. À ce Couto-là, qui avait toujours mal au ventre, le médecin avait conseillé de ne manger que des bouillies. Il s'était nourri pendant sept ans avec de la farine de maïs et du lait. Un jour de carnaval il est rentré chez lui et a dit à sa femme : « Fais-moi un *cocido* avec de la palette de porc, du chorizo et tout le reste. Si je ne meurs pas de ça, je mourrai de faim. » Et cela lui réussit parfaitement.

L'accordéoniste, Ramiro, était réparateur de radios. Il avait l'oreille très fine. Il arrivait à une répétition, il présentait un nouveau morceau et disait : « Celui-ci, je l'ai pris au vol. » Il disait toujours la même chose, « je l'ai pris au vol », puis il faisait un geste de la main comme s'il attrapait une poignée de papillons. En plus de son instrument, il jouait de la flûte à bec avec le nez. Une sorte de valse nasale. C'était un numéro extraordinaire qui enthousiasmait autant le public que l'âne savant des Gitans. Mais ce que moi je préférais, c'était une de ses chansons mystérieuses prise au vol et dont je me rappelle très bien le début :

Aurore de rose au petit jour,
note de miel que pleura le violon,
insomnie romanesque que vécut l'amour.

Et il y avait aussi le trompettiste Comesaña, le tromboniste Paco et mon collègue don Juan, le saxo ténor. Un homme âgé, très élégant, qui, quand on me le présenta, me passa la main sur la tête comme s'il me donnait sa bénédiction.

Je lui en fus très reconnaissant. Bientôt, j'allais faire mes débuts. À Santa Marta de Lombás, d'après ce qu'avait dit Macías.

— Oui, mon garçon, confirma Juan María. À Santa Marta de Lombás, qui y va, n'en revient pas !

II

Le dimanche, de très bonne heure, nous avons pris le train de Lugo. J'étais, plus que nerveux, j'étais dans les nuages, comme si je ne m'étais pas encore réveillé et que le train était devenu un lit volant. Ils me considéraient tous comme un homme, comme un collègue, mais j'avais l'impression d'avoir rapetissé pendant la nuit, d'avoir rapetissé de la tête aux pieds, et que tout en moi avait diminué, y compris le filet de ma voix, tandis que, au contraire, tout autour de moi avait grandi. Par exemple, les mains de Macías, énormes et lourdes comme des sarcloirs. Je regardais les miennes et ce que je voyais c'était celles de ma petite sœur en train de langer un épi de maïs comme si c'était un bébé. Mon Dieu ! Parviendraient-elles à tenir le sax ? Peut-être était-ce à cause de ce costume qu'on m'avait prêté. Il était trop grand pour moi, et j'avais l'impression d'être un escargot dans sa coquille.

Nous sommes descendus à la gare d'Aranga. C'était un jour d'été, très ensoleillé. Le responsable du comité des fêtes de Santa Marta de Lombás nous attendait. Il s'est présenté sous le nom de Boal. C'était un homme costaud au regard noir qui arborait une grande moustache. Il tenait deux mules par le licou, sur lesquelles il chargea les instruments et la malle contenant les costumes de scène. L'une des bêtes prit peur, à cause du tintamarre de la batterie. Boal se planta devant elle en brandissant son poing à hauteur de ses yeux :

— Je t'écrase la tête, Carolina. Tu sais que j'en suis capable !

Nous avons tous regardé le poing de Boal. Une

énorme massue pleine de poils virevoltait dans l'air. Finalement, l'animal, soumis, baissa la tête.

Nous sommes partis sur un chemin ombragé, au parfum de cerises et rempli de chants d'oiseaux. Celui-ci laissa bientôt place à une piste poussiéreuse taillée dans des buissons et des genêts. Il n'y avait soudain plus rien entre nos têtes et la chaleur du soleil. Rien, sauf les oiseaux de proie. Le bavardage animé de mes compagnons s'était transformé en un chapelet de grognements, suivis de jurons étouffés, en particulier lorsque nos souliers vernis, enfarinés de poussière, heurtaient les cailloux. En tête, gigantesque sous son chapeau, on aurait dit que Boal traînait les hommes et les mules en même temps.

Le premier qui lança une pierre fut Juan María.

— Vous avez vu ? C'était un lézard, un lézard géant !

Bientôt, tout le monde jeta des pierres sur les talus, les rochers et les poteaux comme si nous étions encerclés par des centaines de lézards. Devant nous, Boal poursuivait inexorablement la marche. De temps en temps il se tournait vers nos visages en sueur et disait sur un ton ironique : « On arrive bientôt ! »

— Putain de merde !

Lorsque les premières piqûres de taons se firent sentir, les jurons fusèrent comme des pétards. Les musiciens, brûlés par les rayons du soleil, avaient ôté leur cravate et l'agitaient comme des animaux qui chassent les mouches avec leur queue. La malle que transportait l'une des mules ressemblait maintenant à un cercueil. Dans le ciel brûlant planait un milan.

À Santa Marta de Lombás, qui y va, n'en revient pas !

Sitôt aperçu le clocher de la paroisse, l'Orquesta Azul arrangea à la hâte sa tenue. Les hommes nouèrent leur cravate, lissèrent leur costume, se peignèrent, nettoyèrent et lustrèrent leurs chaussures avec le bas de leur pantalon. Et moi je fis de même.

Quelques pétards éclatèrent en notre honneur.

Ils sont arrivés, voilà les gars de l'orchestre !

S'il y a quelque chose qui fait plaisir la première fois qu'on y goûte, c'est bien la célébrité, même si elle est mince et infondée. Les enfants tournoyaient autour de nous tels des papillons. Les femmes exhibaient des sourires de géraniums à leur fenêtre. Les vieillards surgissaient des portes comme les coucous des horloges.

L'orchestre ! Ils sont arrivés, voilà les gars de l'orchestre !

Nous avons salué comme des héros qui ressuscitent les morts. Ça me plaisait. Ma poitrine se gonflait d'air. Et puis, tout d'un coup, j'ai compris. Nous étions quelque chose de vraiment important, le centre du monde. Et à nouveau, j'ai rétréci comme un escargot. Mes jambes tremblaient. La mallette du sax pesait aussi lourd que si je l'avais volée à un vagabond. J'avais le sentiment d'être un imposteur.

Nous avons fait une halte devant le calvaire et Macías a posé son bras d'acier sur mon épaule.

— Maintenant, gamin, ils vont nous emmener dans les maisons où nous sommes hébergés. Il ne faut pas que tu te montres trop timide. Si tu as faim, tu demandes à manger. Et le lit doit être bon. C'est ce que dit le contrat.

Et puis, sentencieux, il s'est adressé à Boal :

— Il faut que le môme soit bien traité.

— C'est comme si c'était fait, répondit le type en souriant pour la première fois. Il va dormir chez Boal. Dans ma maison.

Au rez-de-chaussée il y avait les écuries, séparées de la cuisine par des auges en pierre. Donc, ce que j'ai vu d'abord en entrant ce fut les têtes des vaches. Elles avalaient l'herbe en la léchant, comme si c'était de la barbe à papa. Le sol de la cuisine était recouvert de broussailles. Le feu de cheminée picotait les yeux et plongeait la pièce dans une heure incertaine. À l'autre bout d'une très longue table il y avait une fille qui cousait et elle n'interrompit pas son ouvrage, même lorsque l'homme posa près d'elle la mallette du sax.

— Du café, petite !

Elle s'est levée sans nous regarder et elle est allée à l'évier prendre une casserole. Ensuite elle l'a mise sur un trépied et elle a ravivé le feu en soufflant doucement dessus avec la sagesse d'une vieille. C'est alors que, tout étonné, j'ai senti que quelque chose s'agitait par terre, tout près de mes pieds. C'étaient des lapins, avec des oreilles droites comme des feuilles d'eucalyptus, qui broutaient les broussailles. L'homme a dû remarquer mon étonnement.

— Ils font du très bon fumier. Et d'excellents rôtis.

Boal m'a montré, plein d'orgueil, les animaux de la maison. Il y avait six vaches, une paire de bœufs, un cheval, les deux mules qui avaient transporté nos bagages, des porcs et quelques poules. Il a dit comme ça : « X poules. » Le cheval, m'a-t-il expliqué, savait additionner et soustraire. Il lui a demandé combien faisaient deux plus deux et il a frappé du sabot quatre fois par terre.

— Tu n'auras pas faim ici, mon garçon. Toi, petite, apporte le pain. Et le fromage. Houmm. Ne me dis pas que tu n'en veux pas. Personne ne refuse, chez Boal.

C'est alors, tandis qu'elle tenait le plateau du repas dans ses mains, que j'ai pu voir la « petite » pour la première fois. Elle regardait par terre, comme si elle avait peur de nous. Elle était petite, mais avait un corps de femme. Ses manches retroussées dévoilaient des bras musclés de lavandière. Elle avait une longue tresse. Ses yeux étaient bridés. J'ai tendu la main pour me servir. Qu'est-ce qui m'arrivait ? Mon Dieu ! Mais que fais-tu ici, petite

Chinoise ? Comme si elle était depuis toujours dans ma tête. Cette fille chinoise de l'*Encyclopédie* de l'école. Je la regardais, envoûté, tandis que le maître parlait de fleuves aux noms de couleurs : Bleu, Rouge, Jaune. Peut-être la Chine se trouvait-elle là, un peu au-delà de Santa Marta de Lombás.

— Elle ne parle pas, dit à haute voix Boal. Mais elle entend, ça oui. Allez, petite, montre au musicien sa chambre.

Je l'ai suivie dans l'escalier qui montait vers le grenier. Elle marchait tête basse, même lorsqu'elle ouvrit la porte de ma chambre. En vérité il n'y avait pas grand-chose à voir. Une chaise, une petite table avec un crucifix et un lit avec une courtepointe jaune. Et aussi l'almanach d'une quincaillerie avec l'image du Sacré-Cœur.

— Bien, c'est très bien, j'ai dit. Et j'ai tâté le lit pour montrer que je m'y intéressais. Le matelas était dur, bourré de feuilles de maïs.

Je me suis retourné. La fille était à contre-jour et j'ai cligné des yeux. Il me semble qu'elle souriait. Bien, très bien, ai-je répété, tout en cherchant son regard. Mais elle avait à nouveau fixé ses yeux dans le vague.

Costumé et cravaté, l'Orquesta Azul s'est réuni sur le parvis. Nous devions jouer l'hymne espagnol à la grand-messe, au moment où le curé lève l'hostie pour l'Adoration. Tenaillé par le trac, je changeais constamment de taille. Une fois tous entassés dans le chœur, je n'étais plus qu'un moineau chétif, chancelant sur sa branche. Le sax était énorme. Non, je n'allais pas réussir à le tenir. Il allait tomber, lorsque j'ai senti dans mon oreille une haleine salvatrice. C'était Macías, il parlait tout bas :

— Ne souffle pas, mon gars. Fais semblant de jouer et ce sera bon.

C'est ce que j'ai également fait pendant l'apéritif, dans le kiosque de l'enclos aux bestiaux, au cours d'un petit bal de présentation avant que les gens s'en aillent déjeuner. Quand je ratais une note, j'arrêtais de souffler. Je continuais, ça oui, le va-et-vient sur le sax, pour maintenir le fameux tempo auquel Macías accordait tant d'importance.

— Il faut que ce soit élégant, disait-il.

Il fallait voir ce que c'était, les types de l'Orquesta Azul ! J'avais l'intime conviction que nous allions avoir droit à une pluie de cailloux pour la première fois que je montais avec eux sur une estrade. Les couacs fusaient de toutes parts ! Mais je fus bientôt surpris par ces hommes qui touchaient quatre sous pour aller jouer au bout du monde. « Courage, courage ! » clamait Macías. Et le va-et-vient reprenait de plus belle, et tous s'aventuraient dans un rythme qu'on aurait dit sorti des entrailles des laboureurs et non pas des instruments.

Il faut que je te voie, et que je te voie, et que je te voie
quand bien même tu te cacherais et t'écarterais de ma vue.

J'essayais de les suivre, tout au moins en ce qui concerne le va-et-vient. Parfois, j'avais l'impression qu'une âme protectrice battait des ailes au-dessus de moi et j'étais moi-même surpris d'avoir réussi une belle sonorité, mais bientôt l'âme de l'orchestre s'enfuyait comme un rouge-gorge effrayé par un braiment.

Je suis allé déjeuner chez Boal et la fille aux yeux de Chinoise.

Il était évident que je n'allais pas mourir de faim.

Boal affûta le couteau sur sa manche comme les barbiers sur le cuir, et puis, d'un seul coup, il coupa le cochon de lait en deux. Cette bestiale symétrie me fit frémir, surtout quand je découvris que l'une des moitiés, y compris l'oreille, m'était destinée.

— Merci, mais c'est trop.

— Un homme est un homme, ce n'est pas une poule, dit Boal d'un air sentencieux, sans me permettre d'insister, comme s'il venait de résumer l'histoire de l'Humanité.

— Et elle ? Que va-t-elle manger ? ai-je demandé, en cherchant une éventuelle complicité.

— Qui ? — dit-il, sincèrement surpris, en regardant autour de lui, la queue du cochon dans une main. Puis il remarqua enfin la petite, assise près de la fenêtre de l'évier. — Bah ! Elle a déjà mangé. C'est un petit oiseau.

Pendant quelques minutes il a mastiqué avec

voracité, afin qu'il n'y ait pas de doute sur la façon dont il fallait se comporter avec le cochon.

— Tu vas voir quelque chose de curieux, dit-il tout à coup après s'être essuyé la bouche d'un revers de manche. Viens là, ma petite !

La petite, docile, vint à ses côtés. Il attrapa son bras avec sa main colossale. J'ai craint qu'il ne se brise, comme l'aile d'un oiseau dans les mains d'un boucher.

— Tourne-toi, dit-il tout en la faisant virevolter sur elle-même pour que je la voie de dos.

Elle portait un chemisier blanc et une jupe imprimée de dahlias rouges. Sa longue natte, terminée par un nœud papillon, lui tombait jusqu'aux fesses. Boal a commencé à déboutonner le chemisier. J'ai suivi la scène, pantois, sans rien comprendre, l'homme ferraillait maladroitement avec les boutons qui glissaient dans ses mains rugueuses comme de petites boules de mercure sur l'écorce d'un chêne-liège.

Enfin, il a ouvert le chemisier et découvert le dos de la fille.

— Regarde, mon garçon ! s'est écrié Boal avec un air mystérieux.

J'étais envoûté par le nœud papillon et le mouvement pendulaire de la tresse.

— Regarde ici, a-t-il répété en pointant son index sur une sorte de petite fleur rose dessinée sur la peau.

Des cicatrices. Il y avait au moins six taches de ce genre.

— Sais-tu ce que c'est ? m'a demandé Boal.

J'hésitais entre pudeur et couardise. J'avais la gorge serrée. J'aurais aimé être à cet instant un de ces lapins aux oreilles pointues comme des feuilles d'eucalyptus.

J'ai fait non de la tête.

— Le loup ! s'est écrié Boal. Tu n'as jamais entendu parler de la petite fille au loup ? Hein ? Eh bien, elle est devant toi. La petite fille au loup !

Cette situation étrange et désagréable s'est tout à coup superposée au monde naturel des contes. Je me suis levé et je me suis approché sans trembler pour bien voir les cicatrices sur les hanches nues.

— On voit encore la trace des dents, dit Boal comme s'il se souvenait à la place de la petite.

— Comment ça s'est passé ? ai-je enfin demandé.

— Allez, rhabille-toi ! — a-t-il commandé à la fillette, et d'un geste il m'a invité à me rasseoir. — Elle avait quatre ans. J'étais allé m'occuper des bêtes et je l'avais emmenée avec moi. C'était un hiver très rude. Oui, monsieur ! Un hiver vraiment rude ! Et les loups, affamés, m'ont bien eu. Pour sûr qu'ils m'ont eu, putain de merde !

Au-delà de ce qui était arrivé à la petite, il était évident que Boal avait un contentieux avec les loups.

— C'était un vrai coup monté. Nous étions dans une prairie au bord de la forêt. Un des salauds s'est montré dans la clairière et s'est enfui vers la garrigue. Les chiens ont couru vers lui, enragés. Je suis parti derrière les chiens. Je l'ai laissée là, assise sur un sac. Ça s'est passé en quelques minutes. Quand je suis revenu, elle n'était plus là. Il m'ont bien eu, les salauds !

Cet homme était obnubilé par cette histoire personnelle. Je me devais d'attendre qu'il me la raconte.

— Personne ne comprend ce qui est arrivé... Elle s'en est sortie parce que le loup n'a pas voulu la tuer. C'est la seule explication. Celui qui l'a attrapée n'a pas voulu la tuer. Il l'a seulement mordue dans le dos. Il aurait pu l'attaquer à la gorge, et c'en serait fini, mais non. Les vieillards racontaient que ces morsures, c'était pour qu'elle ne pleure pas, pour qu'elle n'appelle pas au secours. Elle ne les a pas déçus. Elle est restée muette. Elle n'a jamais plus parlé. Nous l'avons retrouvée dans une tanière. Un miracle.

— Et quel est son nom ?

— À qui ?

— À elle, à votre fille.

— Ce n'est pas ma fille, dit Boal, très sérieusement. C'est ma femme.

III

— Elle s'attache à tous les objets. Elle reste bouche bée. Quand quelque chose l'attire, alors elle ne le lâche plus.

La chaleur est montée à mes joues. J'étais rouge comme le feu. Elle, ma petite Chinoise fuyante, n'arrêtait pas de me regarder. J'étais descendu de la chambre prêt pour la kermesse, avec ma chemise à jabots.

— C'est le costume qu'elle regarde, dit Boal avec mépris. Et puis il s'est adressé à elle et il a crié :
— Tu es vraiment naïve !

Ces yeux verts et étincelants allaient me suivre toute la soirée, pour mon bonheur, comme deux lucioles. Parce que, moi aussi je m'étais attaché à eux.

Le bal avait lieu dans l'enclos aux bestiaux, orné de guirlandes en papier tendues entre les chênes, et puis c'est tout. La nuit tombée, les seules lumières qui éclairaient le bal venaient de plusieurs lampes à huile accrochées sur les côtés de l'estrade et du stand de boissons. Par-dessus le marché, un voile de brume était descendu de la montagne. Il enveloppait les arbres avec un jupon blanc. Il devenait de plus en plus dense, noyant tout dans un fantastique brouillard, d'où n'émergeaient, embrassés et tournoyant avec la musique, que les couples les plus vivants, tout de suite engloutis dans le ciel maintenant étalé à ras de terre.

La Chinoise, en revanche, demeurait visible. Appuyée contre un arbre, bras croisés, les épaules protégées par un châle de laine, elle ne cessait pas de me regarder. De temps en temps, Boal sortait du brouillard comme un berger inquiet pour son troupeau. Son regard perçant, gorgé d'eau-de-vie, surveillait ce qui se passait tout autour de lui. Mais moi, ça m'était égal.

Ça m'était égal, parce que j'avais l'impression d'être déjà parti avec elle. Nous allions seuls tous les deux, sur un cheval qui savait compter, à travers la forêt de Santa Marta de Lombás, qui y va, n'en revient pas. Et nous arrivions à La Corogne, à la douane, et mon père nous attendait avec deux billets de bateau pour l'Amérique et, sur le quai, tous les maçons applaudissaient, et l'un d'eux nous offrait une cruche pour boire un coup et il en donnait également une au cheval qui savait faire des additions.

Macías, collé à mon oreille, m'a fait ouvrir les yeux.

— Tu joues du tonnerre, mon gars ! Tu joues comme un Noir, tu joues comme un dieu !

Je me suis alors aperçu que j'étais en train de jouer sans me demander si je savais le faire ou non. Il suffisait de se laisser aller. Mes doigts se plaçaient tout seuls et l'air sortait sans effort de ma poitrine, expulsé par un singulier soufflet. Le sax ne pesait presque rien, il était léger comme une flûte de Pan. Je savais qu'il y avait du monde, beaucoup de gens dansaient et s'embrassaient dans le brouillard. Je jouais pour eux. Sans les voir. Je ne voyais qu'elle, chaque fois plus près de moi.

Elle, la petite Chinoise, qui fuyait avec moi, tandis que Boal aboyait dans la nuit, alors que le brouillard se levait, il était à genoux dans l'enclos aux bestiaux, le châle de laine dans ses sabots.

La laitière de Vermeer

Bien sûr, jamais je ne pourrai rembourser ce que ma mère a fait pour moi, de même que jamais je ne serai capable d'écrire quelque chose de semblable au *Correio* signé par Miguel Torga, à Coímbra, le 3 septembre 1941.

> — *« Mon Fils »...*
> *Ce qu'on lira tout de suite*
> *Est tellement pur et brillant*
> *Que même de mon obscurité on le voit.*

Ma mère était laitière. Elle poussait une charrette chargée de deux grands bidons en zinc. Le lait qu'elle distribuait provenait des vaches de mon grand-père Manuel, de Corpo Santo, à une douzaine de kilomètres de la ville. Quand il était jeune, mon grand-père prit dans sa main la plume du curé et dit : « Qu'est-ce que j'aurais une belle écriture si je savais écrire ! » Et il apprit à le faire, avec une magnifique calligraphie aux formes végétales. Il a écrit des centaines de lettres aux émigrants, à la demande des familles. J'ai vu sur son bureau, pour la première fois, des cartes postales avec la statue de la Liberté, les cataractes d'Iguazú et un gaucho à cheval dans la pampa. Nous habitions à Monte Alto, à La Corogne, dans un rez-de-chaussée, rue Santo Tomás, si bas que les cafards se cachaient sous les tommettes disjointes. Quelquefois, je jouais avec eux, imaginant qu'ils étaient une armée ennemie. Je savais ce qu'était la peur, mais pas la terreur. Je vais vous raconter comment j'ai connu la terreur. Ma mère la laitière part comme d'habitude avec sa charrette. Je suis en train de jouer avec ma sœur María. Tout d'un coup nous entendons des explosions et beaucoup de bruit dans la rue. Nous nous penchons à la fenêtre du rez-de-chaussée pour voir ce qui se passe. Le nez collé aux vitres, nous découvrons la terreur. La terreur vient vers nous. Ma mère nous a trouvés dans les bras l'un de l'autre, en train de pleurer dans la salle de bains. La terreur c'était le Roi des Grosses Têtes.

En 1960 j'ai trois ans. Le soir, j'entends les chants des tôlards dans la cour de la prison. La nuit, les scintillements de la tour d'Hercule tournent au-dessus de mon lit comme des pales cosmiques. La lumière du phare est un détail très important pour moi : mon père se trouve de l'autre côté de la mer, dans un endroit qu'on appelle La Guaira.

J'ai trois ans. Je me souviens très bien de tout. Beaucoup mieux que de ce qui est arrivé aujourd'hui, avant de commencer cette histoire. Je me souviens même de ce qui, d'après certains, n'a pas eu lieu. Par exemple. Mon parrain, je ne sais pas comment il a fait, se présente avec une dinde pour le réveillon de Noël. La veille du réveillon, la bête s'enfuit vers la montagne de la tour d'Hercule. Tous les voisins lui courent après. Lorsqu'ils sont sur le point de l'attraper, la dinde se met à voler d'une façon inimaginable et va se perdre dans la mer comme une oie sauvage. Voilà une des choses que j'ai vues, et qui n'a pas eu lieu.

En 1992, je suis allé à Amsterdam pour la première fois. Ce voyage tant désiré était pour moi une sorte de pèlerinage. J'étais avide de voir *Les mangeurs de pommes de terre.* Devant la ferveur mystérieuse de ce tableau, le plus profondément religieux de tous ceux que j'ai vus, la véritable représentation de la sainte Famille, j'ai réprimé mon envie instinctive de me mettre à genoux. J'ai craint d'attirer l'attention, comme si j'étais un touriste excentrique, un de ceux qui se promènent dans une cathédrale avec des lunettes de soleil et des bermudas. En castillan, il existe deux mots : *hervor* et *fervor* [1]. En galicien il n'y en a qu'un : *fervor.* La lumière de l'ébullition des pommes de terre monte vers la lampe ténue et illu-

1. Les deux mots sont pris ici dans le double sens d'ébullition et de ferveur. (*Toutes les notes sont des traducteurs.*)

mine les visages de la famille de paysans qui regarde avec ferveur l'aliment sacré, le fruit humble de la terre. Je suis allé également au Rijksmuseum et là, j'ai trouvé *La laitière* de Vermeer.

Le sortilège de *La laitière* réside dans sa lumière. Des experts et des critiques ont écrit des textes très suggestifs sur la nature de cette luminosité, mais leur conclusion est toujours un point d'interrogation. C'est ce qu'ils appellent le mystère de Vermeer. Avant d'entrer au Rijksmuseum, ce tableau a eu plusieurs propriétaires. En 1798 il a été vendu par un certain Jan Jacob à un certain J. Spaan pour le prix de 1 500 florins. Dans l'inventaire figure cette observation : « La lumière, entrant par une fenêtre latérale, donne une impression miraculeusement naturelle. »

Devant cette peinture, j'ai trois ans. Je connais cette femme. Je sais comment expliquer l'énigme de cette lumière.

Il y a des siècles, mère, à Delft, tu t'en souviens?
tu versais le lait chez Johannes
Vermeer, le peintre, l'époux de Catharina Bolnes,
fille de madame María Thins, cette guindée
qui avait un autre fils à moitié fou,
Willem, si je me rappelle bien,
celui qui déshonora la pauvre Mary Gerrits,
la servante qui ouvre la porte en ce moment
pour que tu entres, mère,

et que tu t'approches de la table du coin
et qu'avec ton pot tu répandes les papillons de lumière
que le bétail des tiens a fait paître
sur les vertes et sombres tapisseries de Delft.
Voilà ce que j'ai rêvé dans le Rijksmuseum,
Johannes Vermeer a badigeonné de lait
ces murs, le laiton, le panier, le pain,
tes bras,
bien que dans la fiction du tableau
la source de lumière soit la fenêtre.
La lumière de Vermeer, cette énigme séculaire,
cette clarté ineffable secouée par les mains de Dieu,
c'est le lait que tu as trait dans l'étable sombre
à l'heure des chauves-souris.

Lorsque j'ai donné à lire ce poème à ma mère, elle n'a même pas sourcillé. Je ne me suis pas senti très sûr de moi. Même s'il traitait de la lumière, il était peut-être trop obscur. J'ai pris sur l'étagère un livre sur Vermeer, celui de John Michael Montias, avec une reproduction de *La laitière.* Cette fois-ci, ma mère a paru impressionnée. Elle a regardé longuement l'image, sans dire un mot. Ensuite, elle a rangé le poème puis elle est partie.

Quelques jours plus tard, ma mère est revenue en visite chez nous. Comme d'habitude, elle apportait des œufs de ses poules, des pommes de terre, des oignons et des salades de son potager. Elle dit toujours : « Où que tu ailles, n'arrive jamais les mains vides. » Avant de prendre congé, elle m'a dit : « J'ai aussi apporté quelque chose pour toi. » Elle a ouvert son sac et a sorti un papier blanc plié comme un mouchoir de dentelle. Le papier enveloppait une photo. Ma mère m'a expliqué qu'elle s'était rendue chez ses sœurs afin de la récupérer.

Cette photo datait du temps où elle était célibataire. D'avant 1960, mais évidemment bien après 1660. Ma mère ne se rappelait pas qui était le photographe. Oui, elle se souvient de la maison, du mauvais caractère de la maîtresse, de son fils à moitié fou et de la servante qui ouvrait la porte. C'était une fille très belle, elle venait de la région de Culleredo. « Un jour j'arrive et c'en est une autre qui m'ouvre la porte. Elle, on l'avait congédiée, mais je n'ai jamais su pourquoi. » Il y avait une question dans son regard : « Et toi, comment as-tu su ce qui est arrivé à la pauvre Mary ? » Et puis, elle énonça : « La faux est toujours sur les talons des pauvres. »

Ma mère, en revanche, n'accordait aucune importance au fait que la dame du tableau et celle de la photo se ressemblent comme deux gouttes de lait.

Carmiña

Tu n'es donc jamais allé à Sarandón ? Tu as raison. Qu'est-ce que tu serais allé y faire ? Il n'y a que des bruyères coupées au couteau par le vent.

O'Lis de Sésamo ne venait au café que les dimanches matin. D'habitude, il y entrait lorsque les cloches sonnaient la messe de onze heures et les traces profondes de ses chaussures étaient les premières à s'imprimer dans la sciure du plancher comme l'encre d'un tampon en caoutchouc sur le papier. Il commandait toujours un verre de Xérès que je lui servais dans un verre fin. Il faisait le geste de boire à ma santé en me fixant avec ses yeux de chat sauvage et puis il allait se réfugier devant la baie vitrée. Au fond, la masse volumineuse du Xalo, comme un puissant bœuf allongé.

Oui, mon gars, le vent raclait comme une brosse métallique.

Des bruyères, quatre chèvres, des poules déplumées et une maison en dur avec un figuier à moitié dénudé. Voilà tout ce qu'était Sarandón.

Dans cette maison vivait Carmiña.

O'Lis de Sésamo but une gorgée à la manière des curés avec leur ciboire, yeux fermés, ce qui n'a rien d'étonnant quand on a Dieu sur la langue. Il avala et fit claquer sa langue.

Carmiña habitait avec une tante qui ne sortait jamais. Un mystère. Les gens disaient que la vieille avait de la barbe et des choses comme ça. Pour dire la vérité, je ne l'ai jamais rencontrée. Je venais voir sa nièce, bien sûr. Carmiña ! Tu l'as connue dans sa jeunesse ? Comment l'aurais-tu connue, tu n'étais même pas né ! Elle était bien foutue, la Carmiña, et bien en chair. Et puis, c'était une fille facile.

Carmiña de Sarandón ! Pour aller la voir, il fallait traîner son derrière sur les genêts. Et toujours dans ce vent froid, coupant comme le fil d'un rasoir.

Sur le mont Xalo se livrait maintenant une bataille céleste. Des nuages fiers, obscurs et compacts rongeaient les talons d'autres nuages laineux et sucrés. Depuis l'endroit où je me trouvais derrière le comptoir, manches retroussées et les bras plongés dans l'évier, il m'a semblé que la voix d'O'Lis devenait rauque. Son profil d'hermine ou de fouine se dessinait à contre-jour.

Et il y avait aussi, à Sarandón, un diable de chien.

Il s'appelait Tarzan.

O'Lis de Sésamo envoya un crachat sur la sciure puis l'écrasa comme s'il voulait effacer un péché.

Mon Dieu, que ce chien était méchant ! Pas un, ni deux jours. Il l'était tout le temps. Tu aurais dû le voir aboyer sans arrêt après nous. Ça n'était pas le pire. Le pire c'était lorsqu'il s'arrêtait. Tu sentais, tu sentais la haine monter, un grognement sourd entre ses mâchoires serrées. Et puis, tu lisais cette rancœur, cette folle colère dans son regard.

Non, il ne nous lâchait pas.

Au début, je faisais comme si de rien n'était, je faisais mine de le caresser, mais ce salaud devenait encore plus furieux. Je montais à Sarandón les samedis et les dimanches en fin d'après-midi. Il n'y avait pas moyen de décider Carmiña à descendre au village, pour le bal. D'après ce qu'elle disait, c'était à cause de la vieille, qui était invalide, et qui, par-dessus le marché, avait perdu la tête. Une fois, elle avait mis le feu à son lit. Ça devait être vrai, car par ailleurs, Carmiña n'était pas du tout timide, mais alors pas du tout. Pendant que Tarzan aboyait comme un fou, elle se laissait tripoter. Elle me prenait par la main, me conduisait dans le hangar et collait ses deux magnifiques nichons contre moi. Ensuite, et avec beaucoup de plaisir et de soupirs, elle me laissait faire et défaire.

Carmiña de Sarandón ! Elle me faisait perdre la tête. Qu'est-ce qu'elle était bien foutue ! Toujours chaude. Ce qui est extraordinaire, c'est qu'elle était toujours de bonne humeur.

Ce foutu chien ! marmonnais-je à bout de patience, lorsque je sentais sa mâchoire grincer derrière moi.

C'était une ancienne terreur enfantine que je ressentais. Et ce salaud flairait mes pensées.

Va-t'en, Tarzan ! disait-elle entre deux rires, mais sans le chasser vraiment. Va-t'en, mon petit Tarzan. Et alors, quand le chien haletait de son souffle puant, Carmiña se collait à moi, elle bouillait, et moi j'avais l'impression que des cloches sonnaient lorsque je caressais sa peau. L'impression que ces cloches sonnaient lorsque je posais la main sur son cœur, résonnaient dans le hangar et que, grâce au vent, tout le monde pouvait les entendre dans la vallée.

O'Lis de Sésamo posa son verre vide sur le bar et fit un clin d'œil pour demander un autre verre de vin doux. Il en savoura une gorgée et puis l'avala avec nostalgie. Ça nourrit son homme, dit-il en levant les yeux au ciel. Les gens allaient bientôt sortir de la messe et le bistrot se remplirait des voix fumantes du dimanche. Pendant quelques instants, alors que je plongeais mes mains sous le robinet pour nettoyer les verres, j'ai craint qu'O'Lis ne laissât refroidir son histoire. Par chance, devant la fenêtre il y avait la montagne, et elle lui rappelait ses souvenirs.

J'étais très amoureux de Carmiña, mais un jour je

n'ai plus résisté. Je lui ai dit : Écoute, Carmiña, pourquoi tu n'attaches pas ce chien ? J'ai eu l'impression qu'elle n'entendait pas, comme si elle était dans un autre monde. Son monde, celui des soupirs. Le clébard, par contre, avait bien entendu, ce fils de pute. Tout à coup il s'est arrêté d'aboyer et j'ai cru que nous allions enfin pouvoir nous amuser tranquillement.

Tu parles !

Je chevauchais Carmiña sur une botte de paille. Avant de réaliser ce qui se passait, j'ai senti des chatouilles humides. Tout mon corps était devenu insensible et j'ai eu le souffle coupé. C'est alors que j'ai senti son museau humide, sa truffe qui reniflait mes parties.

J'ai fait un bond en poussant un juron. Ensuite, j'ai pris un bâton et je l'ai jeté sur le chien, qui s'est sauvé en geignant. Mais ce qui m'a énervé le plus, c'est que Carmiña, comme si elle sortait d'un cauchemar, a couru derrière lui en l'appelant : Tarzan, Tarzan ! Lorsqu'elle est revenue, seule et affligée, j'étais en train de fumer une clope, assis sur le banc à couper du bois. Sans que je sache pourquoi, je commençais à me sentir fort et décidé, comme je ne l'avais jamais été. Je me suis approché d'elle, je l'ai embrassée et j'étais prêt à l'inonder de baisers.

Je te jure que j'ai eu l'impression de tripoter un sac mou, plein de farine. Elle ne réagissait plus.

Quand je suis parti, Carmiña est demeurée là-haut, immobile, muette, un peu sonnée. Elle me regardait peut-être, plantée en plein vent.

Les oreilles d'O'Lis de Sésamo étaient devenues rouges. Ses yeux avaient la lumière verte des champs, au milieu de son visage terreux taillé à la serpe. Mes mains brûlaient sous le robinet d'eau froide.

Le soir, poursuivit O'Lis, je suis revenu à Sarandón. J'avais pris un aiguillon à bœufs. La lune flottait entre deux gros nuages et le vent soufflait avec rancune. Le chien était là, devant la grille de la clôture en pierre. Il grognait en se méfiant de moi. Ensuite, il s'est mis à aboyer sans trop de fureur, presque craintif, jusqu'au moment où j'ai pointé l'aiguillon vers sa gueule. C'est alors qu'il l'a ouverte très grande pour me mordre et que moi j'ai enfoncé l'aiguillon pour donner l'estocade. Jusqu'au fond. J'ai senti la pointe lui déchirer la gorge et pénétrer dans ses entrailles.

Aïe, Carmiña, Carmiña de Sarandón !

O'Lis de Sésamo cracha par terre. Ensuite, il prit une dernière gorgée et la dégusta longuement. Il poussa un soupir et s'écria : Que c'est bon, cette merde !

Il enfonça la main dans sa poche. Il laissa l'argent sur le bar, et me donna une tape sur l'épaule. Il partait toujours avant que les premiers clients n'arrivent à la fin de la messe.

À dimanche, mon gars !

Les traces de ses grosses chaussures restèrent gravées dans la sciure. Les traces d'un animal solitaire.

L'immense cimetière de La Havane

Moi aussi, j'ai eu un oncle en Amérique. Et j'espère l'avoir encore, en train d'arroser les *rosanovas* dans le Panthéon galicien, avec son seau de zinc à la main.

Mon oncle s'appelait Amaro et il était mort au moins huit fois avant de mourir. C'était un spécialiste en morts et il le faisait toujours avec une très grande dignité. Il revenait de la mort en sentant bon le savon La Toja, coiffé comme l'accordéoniste de l'Orquesta Mallo, avec un complet en prince-de-galles tout neuf et toujours une histoire surprenante à raconter. Une fois, il a fait une description détaillée du menu du Banquet Célestial, où, d'après lui, il y avait de la palette de porc cuite avec des feuilles tendres de navet, en abondance.

Y avait-il aussi de la tête de cochon? demanda mon père avec ironie.

Bien sûr! Une tête sur chaque table, avec deux

petites branches de persil dans les narines et un collier de marguerites.

Quel temps faisait-il ?

Ensoleillé, mais plutôt frais. Pas au purgatoire. Au purgatoire il y avait un vent nord-est très désagréable. C'est une garrigue désolée.

On attribuait cette faculté de mourir sans mourir vraiment à son étrange nature d'enfant-vacher au sang bleu, ce qu'Amaro démontrait dans les fêtes où il faisait exprès de se casser le nez, comme s'il était de givre, rien qu'en pinçant ses narines avec deux doigts. Deux filets d'un sang bleu éclatant dégoulinaient alors, il les aspirait comme si c'était de l'anis mentholé.

Toutefois, il me semble qu'il avait appris à mourir dans l'immense cimetière de La Havane.

L'océan ondulait encore sous mes pieds lorsque quelqu'un mit un seau de zinc et un balai entre mes mains. C'est comme ça qu'il racontait son premier voyage, de son patelin de Néboa jusqu'aux Caraïbes. Il était si jeune qu'il ne s'était encore jamais servi d'un rasoir. J'ai suivi les pas de Mingos O'Pego, le « pays » auquel m'avaient confié mes parents, et c'est avec un balai de palmes et un seau lumineux que j'ai commencé à m'occuper de l'intendance du Cristóbal Colón, le plus grand cimetière d'Amérique. Et, tu le croiras si tu veux, je n'en suis pas sorti pendant un mois. O'Pego adorait le rhum. Il avait une vraie cave cachée dans les niches du Panthéon galicien. Regarde ce macchabée, ah ! ah ! me dit-il en me montrant les bouteilles. Puis il me prévint en insistant : Surtout, n'y touche pas, mon gars ! C'est lui qui devait s'occuper de me trouver une chambre dans la paroisse des vivants, mais en attendant je travaillais et je couchais au cimetière, dans un cabanon parmi les couronnes de fleurs et les croix en marbre. C'est là où j'ai appris à entendre des voix et des musiques que personne n'entend d'habitude.

Je me blottissais dans les bras d'Amaro, et ma peur avait l'air de le stimuler.

Ah ! quelles nuits dans le cimetière de La Havane ! Indiens, Noirs, Galiciens ! Tambours et cornemuses ! Tout le monde dansait dans la nuit chaude, tandis qu'O'Pego ronflait sur un oreiller de *rosanovas* et de couronnes d'œillets. Nous avions un chat qui, la nuit, grandissait et devenait ocelot ou jaguar. Il dévorait des rats grands comme des lièvres, ah ! ah ! *La Havane, ma Havanita chérie.* Tout est vraiment beau, à La Havane ! Il était même beau d'être croque-mort, à La Havane !

Mes parents tenaient un bistrot à La Corogne, dans la rue de l'Orzán, une rue si marinière que parfois l'Océan remontait par la cuvette des W.-C. Et les clients étaient tous des habitués, tellement habitués que les tasses à vin étaient numérotées. Celle d'Amaro avait le numéro 36. Contrairement à son habitude, mon oncle buvait à petites gorgées, délicatement, penché avec solennité sur la porcelaine blanche. Puis il fixait de ses yeux humides la lie du vin *ribeiro*, comme celui qui regarderait une broderie labyrinthique. Le monde ! Si tu savais comme le monde est petit, mon enfant !

Dis-moi, espèce d'abruti ! Laquelle est plus ancienne, la tour d'Hercule ou la cathédrale de Compostelle ? demandait depuis le comptoir la tasse numéro 7.

Moi, je me fous de tout, toouuut ! proclamait la tasse 9.

Les nuages sont en train de pleurer
pour un amour trépassé.
Les rues sont mouillées
de toute la pluie tombée.

Celui qui chantait était un marin qui n'avait pas de tasse numérotée. Il était arrivé l'orage sur le dos et il le laissa sur le pas de la porte en train d'aboyer comme un chien abandonné.

Ferme-la, animal ! dit la tasse numéro 3, un type solitaire qui ressemblait à la table en vieux pin, avec des toiles d'araignée qui pendaient de ses yeux.

Tu parles de moi ? demanda avec agressivité le marin, en bombant sa poitrine comme un loup.

Écoutez, monsieur, intervint opportunément mon oncle Amaro, connaissez-vous La Havane ?

La Havane ? De bout en bout ! hurla le marin

depuis le comptoir. Puis il s'approcha, rongé par la curiosité. La Havane, Dieu du ciel, qu'est-ce que c'est beau, La Havane ! Mon cœur accélère, rien que de dire son nom !

Et moi, ça me fait mal au cœur, dit mon oncle Amaro en soupirant. Et le cimetière Cristóbal Colón ? Est-ce que vous connaissez l'immense cimetière de La Havane ?

Non, pas du tout. Ce n'était pas mon chemin !

Dommage. J'en étais officiellement le jardinier en chef, expliqua avec un profond orgueil mon oncle.

Les chrysanthèmes sont d'excellentes fleurs pour les morts, dit la tasse 5.

Je préfère les dahlias ! proclama la suivante.

Ivrognes ! cria un solitaire, qui ne tenait plus debout, après avoir trop bu.

Ça fait longtemps que vous êtes revenu ? s'enquit le marin.

Ce fut quand Cela est arrivé, dit mon oncle. J'étais pauvre, mais j'avais une dent en or, et quelqu'un m'a dit que la Révolution me prendrait ma dent en or. Je l'ai encore. Et mon oncle ouvrit grand la bouche pour montrer sa prothèse en or au marin, qui pencha la tête, très intéressé. J'ai fui sans plus attendre et j'ai perdu La Havane, dit mon oncle, après avoir délicatement nettoyé sa dent avec sa langue.

Dans ces cas-là, commenta le marin sur un ton sentencieux, on fait confiance aux autres et parfois on se trompe.

À combien ça revient, de se faire poser une dent en or ? demanda la tasse numéro 12.

Même la prime de Noël ne suffit pas ! dit la 7.

Et comment est La Havane, aujourd'hui ? demanda mon oncle, avec un air de regret.

Délavée... et belle.

C'est comme ça que je l'ai laissée, répliqua mon oncle. Et puis d'une voix plus joyeuse : Effeuillons la rose du *ribeiro* en sa mémoire !

Ces tournées impayées ne plaisaient pas beaucoup à mon père. Amaro n'avait pas un sou, et il mourait toujours après avoir bu à la santé de La Havane. Une fois, ce fut pour de bon. Fatigués de son va-et-vient d'un monde à l'autre, mes parents n'organisèrent pas de veillée et il n'eut droit ni au parfum, ni à la coiffure, ni au costume.

Reste là, m'ordonna mon père, et préviens-moi dès son retour.

Je me suis endormi à côté d'Amaro, mais quand je me suis réveillé il était froid et on aurait dit qu'il n'avait pas l'intention de revenir de ce voyage. Il avait un sourire crispé et dans sa bouche entrouverte on ne voyait plus sa dent en or. Il n'est toujours pas revenu de sa traversée. Ils ont mis mon oncle dans une niche du cimetière de Néboa, mais moi je pense qu'il est plutôt dans je ne sais quel bureau de douane, en train d'essayer de payer son billet avec sa dent en or. Il fait d'ultimes démarches pour retourner dans l'immense cimetière de La Havane.

La vieille reine prend son vol

Et enfin les ruches nécessitent une dernière précaution : c'est la récupération des essaims qui, à peine formés, tentent de s'enfuir.

Éviter de les perdre requiert une vigilance particulière, car ensuite les essaims appartiennent à celui qui s'en saisit le premier.

XAQUÍN LORENZO,
« Etnografía »,
dans *Historia de Galiza*

Cette année-là, le printemps était en avance et splendide.

À l'heure du café, Chemín observa, à travers la fenêtre donnant sur le potager, la fête des oiseaux sur le vieux pommier en fleur. Pendant le rude silence de l'hiver, seul le rouge-gorge venait s'y poser pour picorer, tel un enfant de la mine, ses tempes de mousse grisonnante et pour sautiller sur les branches nues, sa gorge rouge et joyeuse gonflée d'air. Parfois le merle s'y installait aussi. Il y posait sa mélancolie crépusculaire et renvoyait à l'homme son regard en coin, puis s'enfuyait soudain en déployant les ailes sur une sombre portée de musique.

C'était également jour de fête dans la salle à manger. Tous les ans, à pareille époque, le troisième dimanche du mois de mars, on fêtait la Saint-Joseph dans la maison familiale des Chemín. En réalité, ce sont les chansons de ses enfants et petits-enfants qui, depuis le bout de table où il se trouvait, avaient guidé son regard vers le vieux pommier.

La brise de l'après-midi éventait paresseusement les longs bras arthritiques de l'arbre fruitier qui supportaient l'inquiétante valse amoureuse des oiseaux. Car, à l'extrémité des branches, les petits plumets de fleurs blanches tremblaient tel un voile d'organdi. Et c'est précisément à cet endroit que tournoyaient les abeilles.

Allez, papa, maintenant c'est ton tour, lança Pepe, le fils aîné : un excellent guitariste. À l'époque des Beatles, il fut un des premiers à se laisser pousser les cheveux et à porter d'horribles pantalons orange, très serrés aux genoux et qui s'évasaient ensuite en patte d'éléphant. Il avait beaucoup fait cancaner tout le voisinage et on finit par le surnommer *O'YéYé*. Le vieux Chemín avait essuyé quelques réflexions lorsqu'il avait émigré en Suisse. Un type de la région de Tines, récemment émigré comme lui, avait dit : J'ai aperçu ton Pepe, à la fête de Baio. Puis il ajouta sur un ton moqueur : De dos, je l'ai d'abord pris pour Marujita Díaz. Le soir même, la rage au ventre, Chemín avait entrepris d'écrire une lettre pour donner l'ordre à son fils d'aller chez le coiffeur. Il ruminait des phrases censées le remettre sur le droit chemin et reprocher à la mère sa tolérance. Mais les mots lui laissaient une aigre saveur de chicorée au fond de la gorge. Il imagina Pilar, sa femme, en train d'ouvrir l'enveloppe avec ses petits doigts tout roses, car elle se lavait toujours les mains lorsque, exceptionnellement, elle recevait du courrier. Puis il se mit à lire, à travers les yeux humides de Pilar, la lettre de reproche qui lui trottait dans la tête. Il en conclut finalement que ce serait une bêtise, une gifle inutile au plus profond de la nuit.

Allez, papa, chante *Meus amores*.
Oui, oui, c'est à grand-père de chanter.

Il se demanda alors si les abeilles qui suçaient le nectar des fleurs blanches du pommier venaient de ses ruches ou du jardin de Gandón. Il aimait le café brûlant et très sucré, mais, distrait par ce qu'il voyait dans l'encadrement de la fenêtre, la tasse avait fini par refroidir entre ses mains.

Meus amores ! C'est un de ses compagnons de baraquement, en Suisse, qui lui avait appris cette ballade. D'habitude, il ne retenait pas vraiment les chansons, mais celle-là était restée gravée dans sa tête, comme une cicatrice dans la peau. Elle sortait du fond de lui comme une prière, elle sortait du fond de ses tripes comme un hymne patriotique nourri par le dîner de patates noircies au fond de sa baraque d'émigré. Depuis qu'il était revenu de Suisse et qu'il fêtait, tous les ans en famille, la Saint-Joseph, il chantait *Meus amores.* Aujourd'hui, il était devenu un patriarche, le plus vieux de tous les Chemín. Cette ballade, qui flottait dans l'air comme un manteau de brume, les unissait tous, y compris ceux qui s'en étaient allés dans un éternel au-delà.

Deux amours soutiennent ma vie :
la patrie et l'adoration de mon foyer,
la famille et la terre où je suis né.
Comment vivre sans ces deux amours ?

Il n'en était même pas au milieu de la chanson lorsqu'il sentit que sa poitrine, tel le soufflet dégonflé d'un biniou, manquait d'air. Il savait que cela risquait de ternir la fête, comme si quelqu'un avait tiré sur la nappe et que toute la vaisselle de Sargadelos, que Pilar avait apportée jadis dans son trousseau, s'était cassée.

Je crois que je ferais mieux de me coucher et de me reposer quelques instants.

C'était plus qu'il ne pouvait en dire. Il avait la bouche sèche et préféra mettre cela sur le compte du café froid et amer. Quelque chose, une angoisse qu'il n'avait jusqu'ici jamais éprouvée, lui pressait la poitrine, il avait l'impression que ses côtes se refermaient comme des tenailles sur ses poumons. Et, de plus, l'essaim d'abeilles ne cessait de bourdonner dans sa tête avec un vrombissement déchirant et insupportable.

Pepe comprit ce qui se passait. *O'YéYé*, le bon fils de Chemín, cheveux crantés poivre et sel, se remit à gratter sur sa guitare et à fredonner une chanson de son répertoire, *obladi oblada!* dans un sympathique mélange de galicien et d'anglais, pour attirer l'attention des plus jeunes. Seule Pilar le regarda bien en face, sur le seuil de la porte, elle, l'infatigable vigie, un plateau de friandises à la main.

Avant de baisser les persiennes, dans sa chambre, il se tourna une nouvelle fois vers le pommier, cette sorte d'aimant en fleur. Ensuite il observa le jardin voisin, celui de Gandón. Comme d'habitude, on n'apercevait qu'une toute petite partie de ce monde secret et éternellement ombragé, dissimulé derrière une épaisse haie de lauriers et de myrtes. Il n'y avait qu'un endroit où le mur végétal entrouvrait le rideau, c'était là où hivernait un sureau plutôt malingre, sûrement replié sur sa sève blanche. À travers ces brèches, Chemín pouvait vaguement apercevoir les caisses du rucher abandonné.

Lorsqu'ils étaient enfants, Gandón et lui avaient été très amis. Il se souvenait par exemple qu'ils allaient tous les deux chasser, avec un roseau, les lézards verts qui menaçaient les ruches. C'était un art extrêmement délicat. Il fallait enfiler des sauterelles sur un hameçon et surtout ne pas se montrer. Il tenait la canne à pêche, tandis que Gandón, de l'autre côté, lui faisait signe lorsque le lézard était sur le point de mordre. Les abeilles avaient appris à lutter contre ce genre d'envahisseur, elles les tuaient, puis les embaumaient pour éviter qu'ils ne pourrissent à l'intérieur de la ruche. Mais il n'y avait jamais eu autant de lézards que cet été-là : une véritable armée de goinfres. Ils avaient réussi à en capturer plus d'une vingtaine et les avaient ensuite enfilés, par les yeux, sur un fil de fer, pour ramener fièrement chez eux leur précieux trophée. La peau des lézards verts ressemble à un morceau de tissu arraché à l'arc-en-ciel.

Les familles de Chemín et de Gandón ne se parlaient pas, mais, tant qu'ils avaient été enfants, ils ne s'étaient jamais occupés de cela. Ils étaient juste un peu méfiants lorsqu'ils allaient l'un chez l'autre. Une fois, alors que les adultes étaient au travail, il avait joué avec Gandón dans le fameux jardin ombragé. De vieilles caisses, qui avaient servi de ruches, étaient entassées dans un coin. Mon père dit qu'on n'a pas le coup avec les abeilles, avait expliqué Gandón. Elles sont toutes mortes à cause d'un mauvais courant d'air.

Et puis un jour, Gandón et lui ne s'adressèrent

plus la parole. Personne ne le leur demanda explicitement, mais ce fut comme si l'un et l'autre avaient obéi à un ordre incompréhensible lancé depuis les profondeurs les plus secrètes des deux maisons. Cela se passa juste après leur confirmation, lorsque le remplaçant de l'évêque s'était rendu dans leur paroisse pour leur tracer sur le front une croix de cendre. En revenant de l'église, ils cessèrent de se parler puis, en chemin, ils prirent progressivement des distances.

À présent, allongé sur le lit, Chemín se porta la main au front pour faire un signe de croix. La croix n'avait absolument rien à voir avec le différend qui séparait les Chemín et les Gandón. C'était juste l'apparence qu'avait prise le souvenir. Le silence entre lui et Gandón, la conscience de perpétuer une inimitié héritée des parents, prit forme lorsque l'homme remplaça l'enfant. Le jour de leur confirmation, on leur demanda d'enfiler pour la première fois des pantalons longs. Et ils cessèrent du même coup de s'adresser la parole, alors que leur voix commençait à muer et que leur gorge émettait soudain des sons qu'ils ne savaient pas encore maîtriser. Puis ils s'aperçurent, peu de temps après, qu'on ne leur interdisait plus de jurer en public.

Les deux gamins qui avaient un jour été de vrais amis finirent par disparaître dans le ruisseau de la mémoire, qui permet de se souvenir, mais aussi d'oublier. Le vieux Chemín, toujours allongé sur le lit, ne conservait plus de ce temps-là — telle une image figée — que le reflet humide de l'arc-en-ciel sur la peau des lézards verts.

Il avait continué à voir Gandón, bien entendu, et même extrêmement souvent. Mais l'homme qui avait poussé en lui avait un regard qu'il jugeait trop dur et trop sombre, comme le jardin dans lequel s'enfonçait son ami juste après avoir passé la grille. Un peu plus tard, Gandón partit travailler comme manœuvre sur le chantier d'une route lointaine. Il ne le voyait plus que les dimanches, et il trouva soudain que c'était un type bizarre, un étranger qu'il n'avait jamais fréquenté. Lorsqu'ils se croisaient, ils s'éloignaient l'un de l'autre comme s'ils voulaient éviter que leurs ombres ne se chevauchent.

Recroquevillé dans son lit, Chemín aperçut à nouveau les deux enfants qu'ils avaient été. Ils se trouvaient devant la porte du paradis et saint Pierre était là aussi. En bon douanier méticuleux, celui-ci comptait les lézards verts, un par un. On aurait dit que les comptes ne lui convenaient pas. Puis il regarda finalement les enfants de toute sa hauteur, comme un fonctionnaire : Il n'y a pas assez de lézards ! Descendez en chercher davantage ! leur dit-il.

Et, baissant la tête, les enfants redescendirent le long d'un sentier pentu, trébuchant sur les cailloux à cause de leurs galoches, endurant le poids brûlant du soleil sur leurs épaules.

Si on allait pêcher des truites à la main ? proposa le jeune Chemín. Au ciel, peut-être qu'une truite vaut bien trois lézards.

Mais le petit Gandón ne lui répondit pas. Il avait soudain grandi. C'était devenu un homme rude et silencieux, renfermé sur lui-même. Ses bras et son visage avaient pris la patine résineuse des intempéries. À la croisée des sentiers, il cracha par terre et repartit en sens inverse, sans même un au revoir.

Adieu, Gandón, dit tristement Chemín.

Lorsqu'il émigra en Suisse, à son tour, il fut d'abord embauché pour construire un tunnel dans le canton du Tessin. Pas moins de trois cents ouvriers furent embauchés avec lui pour percer le ventre de la montagne. Le chef de Chemín était un contremaître italien extrêmement charmant. Lorsqu'un ingénieur venait inspecter le chantier, il commençait à crier énergiquement aux ouvriers : *Laborare, laborare !* Et dès que celui-ci était reparti, il leur faisait un clin d'œil et leur disait avec un sourire sournois : *Piano, piano !* Un beau jour, un nouveau contingent d'ouvriers se présenta sur le chantier et Chemín s'aperçut, à leur accent, qu'ils étaient galiciens. Plaisante apparition, il découvrit que son ami Gandón se trouvait parmi eux. Il s'avança tout naturellement vers lui et le salua chaleureusement. Le voisin fit d'abord semblant de ne pas comprendre ce qui se passait, puis il regarda ailleurs avec le mépris que l'on adresse d'habitude à un traître et continua à suivre son groupe. Ils s'étaient croisés pendant plusieurs mois et s'étaient instinctivement écartés l'un de l'autre à chaque fois. Puis un jour Chemín s'aperçut de l'absence de Gandón, comme s'il ne sentait plus le parfum automnal des braises dans la cheminée. Il faisait extrêmement froid, plusieurs degrés en dessous de zéro. Un linceul de neige miroitait à l'entrée du tunnel. Il s'inquiéta de savoir où il était passé et un gars de Camariñas lui expliqua qu'on l'avait conduit à l'hôpital. Il avait bu l'eau glacée d'une source et ses dents avaient explosé. Bois du lait, Gandón, lui conseillait-on. Mais il n'y avait rien à faire. Il ne buvait que de l'eau. Je suis allergique au lait, disait-il. Il ne mangeait pas de fromage non plus, ni de beurre. C'était pourtant la base de notre alimentation au réfectoire du chantier. Ce type a vraiment connu la faim, ajouta le gars de Camariñas. Il chiait tout blanc, comme les mouettes. Je ne crois pas qu'il reviendra.

Dans le jardin de Chemín, il y avait également un noyer. Son père lui avait raconté que, chaque année, il poussait de la hauteur d'un homme, mais que pendant longtemps il n'avait pas fait de fruits. Il ne commença à donner des noix qu'à la naissance de Chemín.

Un jour, il avait appris par hasard, au cours d'une conversation avec des voisins, que ce noyer était en fait la véritable cause du différend entre les

Chemín et les Gandón. Et qu'en réalité, lui-même était fondamentalement au centre de la discorde.

Le père de Chemín s'était marié, alors qu'il était plutôt âgé, avec une jeune fille extrêmement belle. María da Gracia, la mère de Chemín, était fille d'une femme célibataire ; elle avait travaillé dès son plus jeune âge comme domestique, mais ce ne fut pas suffisant pour qu'elle manquât de prétendants. Elle était, à elle seule, sa propre dot et tous les agriculteurs de la région rêvaient de la marier. À la *folía* du maïs, elle chantait des tangos et des boléros, et les gens arrachaient en rythme les feuilles râpeuses et rugueuses des épis comme si c'était les hosties de la Fête-Dieu. Lorsque le vieux Chemín et María da Gracia se marièrent, les jeunes les plus jaloux ne cessèrent de chanter, de faire tourner des crécelles et de frapper sur des boîtes de conserve toute la nuit sous leur balcon.

Au bout de trois ans, María n'avait toujours pas d'enfants. Ils étaient alors devenus la cible de tous les racontars du hameau, mais le couple était toujours heureux et roucoulait comme tourtereaux au printemps. C'est alors que se produisit la fameuse histoire du noyer. L'arbre poussait aussi vigoureusement qu'un saule, au bord du ruisseau, mais il ne donnait toujours aucun fruit. Quelqu'un conseilla alors au vieux Chemín de le gauler. De lui donner des coups sur les branches, juste avant que les feuilles ne poussent. De ne pas craindre de le frapper fort, tout en prenant garde de ne pas le casser. L'arbre, pour ainsi dire, ne manquerait pas de comprendre le message. Et c'est ce que fit son père ce premier jour de soleil où la nature semblait aux aguets. De retour de la messe, encore vêtu de sa chemise blanche et de son gilet noir, il commença à frapper le noyer. Il sentit que de grosses gouttes de sueur ruisselaient sur son front, alors que le vieux Gandón passait à sa hauteur dans le jardin voisin. Il dit à haute voix : Voilà ce que tu devrais faire à ta femme, Chemín, tu devrais la frapper, bien la frapper. Le vieux Gandón avait cinq enfants.

Le vieux Chemín ne répondit pas. Il posa la gaule contre le tronc du noyer, entra dans la maison et avala un godet d'eau qui se trouvait dans le seau en chêne. Ensuite il dit à María da Gracia : Ne me demande pas pourquoi, je ne peux pas te le dire, mais s'il te plaît, n'adresse plus la parole aux Gandón. María da Gracia comprit tout de suite ce qui arrivait. Son homme était quelqu'un de noble. C'est d'ailleurs sa noblesse naturelle qui l'avait attirée.

Le petit Chemín naquit un an plus tard. Et voilà que tout cela lui rappelait à présent l'histoire de l'essaim. Mais cette fois le souvenir était empreint d'une haine qu'il n'avait encore jamais éprouvée. Une sorte de lierre lui serrait la poitrine et lui pressait la pomme d'Adam, transformant le timbre de sa voix en un son rauque, en monosyllabes durs retombant comme des cailloux à la surface calme de cette sorte d'étang dont Pilar semblait toujours entourée. Elle remarqua immédiatement que son attitude venait de changer, mais elle mit cela sur le compte du temps, de ce printemps un peu fou avec ses clairs de lune où l'on voyait comme en plein jour, de ce printemps qui faisait chanter les coqs au milieu de la nuit et dont la fébrile insomnie épuisait les cultures.

Chemín n'avait raconté à personne, pas même à Pilar, ce qui était arrivé avec l'essaim.

À la fin de la semaine dernière, il avait remarqué beaucoup d'agitation à l'intérieur de l'une des ruches. C'était un excellent essaim qui produisait un miel sombre, avec un goût de romarin. Chemín était parfaitement capable de repérer les nuances mystérieuses de la teneur en sucre, les doses de bois et de fleurs que pouvait contenir une petite cuillerée de miel. Les ruches avaient toujours été un domaine à part dans l'exploitation familiale. C'était une sorte de vaccin secret auquel on attribuait la longévité de la famille. Il enterra son père à près de quatre-vingt-dix ans et ce ne fut pas la maladie qui eut raison de lui, mais son chagrin après la disparition de María da Gracia. Si elle vivait toujours, murmurait-il sans cesse, je ne mourrais jamais. Mais elle avait été tuée, un jour de foire, par cette maudite voiture que conduisait un ivrogne.

Chemín passa tout le dimanche à surveiller l'essaim qui avait commencé à s'agiter. Les abeilles tourbillonnaient devant l'entrée de la ruche. Il doit y avoir une nouvelle reine, se dit-il, et l'ancienne ne tardera pas à s'en aller avec son contingent d'ouvrières.

Son père lui avait raconté que, pendant très longtemps, on ne connaissait rien sur la naissance des abeilles. Sais-tu pourquoi ? Parce qu'on était incapable d'admettre que le roi fût une reine. On ne pouvait rien imaginer d'autre, même les plus savants ne pouvaient rien imaginer d'autre. Ils inventaient des théories abracadabrantes et prétendaient que les essaims sortaient du ventre des bœufs morts. Puis les savants finirent par tomber des nues. Il faut également que tu saches une chose très curieuse, conclut son père en parlant doucement, sur le ton de la confidence. La reine ne naît pas reine. Ce sont les ouvrières qui choisissent une larve et la nourrissent avec de la gelée royale quelques jours de plus que toutes les autres. En réalité n'importe quelle abeille pourrait être reine. Et les bourdons ? demanda le garçon. Pourquoi tuent-elles tous les bourdons ? Parce que ce sont des fainéants, comme les ronds-de-cuir en ville, répondit en riant le vieux Chemín.

Dimanche dernier, il ne parvint pas à fermer l'œil de la nuit. Dans ses rêves, l'essaim commençait à s'envoler, à mi-hauteur, comme un ballon de baudruche, et Chemín lançait les bras en l'air et lançait à nouveau les bras sans parvenir à l'attraper, comme dans un film comique de Charlot. Toujours en proie à cette même inquiétude, il se leva très tôt et, après s'être aspergé le visage avec de l'eau glacée, il se dirigea vers la ruche. Les abeilles agglutinées formaient une grande pelote sur le point de se détacher. Il courut chercher un panier et, juste au moment où l'essaim se trouvait à portée de sa main, celui-ci décolla en un vol à la fois compact et effiloché. Il alla se poser sur la première branche qui se trouva devant lui, c'était la branche la plus basse du noyer. Chemín s'approcha très lentement. Son cœur battait aussi fort que la meule d'un moulin. Mais ce n'était pas de peur. Il savait parfaitement que lorsque les abeilles volent en essaim, elles sont chargées d'une telle quantité de miel qu'elles ne peuvent piquer personne. Il souleva doucement son panier et, alors qu'il allait s'emparer de l'essaim, il vit la boule quitter la branche et reprendre son vol. Les quelques secondes que dura sa surprise, pendant lesquelles il fut incapable de réagir, furent fatales. L'essaim en profita pour franchir la haie et alla se poser sur un des arbres du jardin ombragé des Gandón. C'est alors que l'autre se montra, comme un chasseur aux aguets. Gandón retira silencieusement sa grosse veste en cuir de veau, il enveloppa l'essaim comme s'il s'emparait d'un rêve, puis se dirigea vers ses anciennes ruches vides.

Chemín dormait éveillé. On entendait le son des chansons qui venait du rez-de-chaussée. « La mer aussi a des femmes, la mer aussi a des amours, mariée avec le sable, elle le couvre de baisers. » Cet après-midi-là, il se rendit à pied jusqu'au village. Il voulait se débarrasser de cette pensée qui lui trottait dans la tête avec un bourdonnement obstiné et blessant. Chemín était un homme sensé. Sur la route, il se mit à réfléchir. En réalité, Gandón avait agi en parfait accord avec une loi non écrite. N'importe qui d'autre aurait pu faire la même chose que lui. Un essaim qui abandonne sa ruche appartient à celui qui s'en saisit le premier. Non, Gandón n'avait absolument rien volé. Mais le bourdonnement insistait et insistait encore, allant d'une tempe à l'autre dans sa tête. Il ne pouvait pas éviter de considérer l'événement comme une hostilité envers lui. Une déclaration de guerre. Gandón ne connaissait absolument rien aux abeilles ! Sa famille n'avait pas su soigner les ruches abandonnées dans le jardin. C'était à cause de la peste, d'un mauvais courant d'air, ou d'on ne sait quoi qu'ils portaient en eux. En repensant au miel de l'essaim captif, Chemín sentit sur ses lèvres une saveur jusqu'ici inconnue. Du miel amer.

Tout à l'heure, il était parti à la recherche de vieux amis avec qui bavarder et oublier le bourdonnement qui le tourmentait. Mais lorsqu'il était entré dans la taverne Lausanne, il s'était dirigé vers la table qui se trouvait dans le coin sans s'occuper des consommateurs. Il avait commencé une réussite avec des cartes invisibles, sur le marbre de la table.

Qu'était-il donc passé par la tête de la vieille reine à cet instant-là ? Pourquoi l'essaim avait-il abandonné la branche du noyer, ce noyer qui s'était couvert de noix le jour même de sa naissance. Une minute avant tout cela, les choses avaient encore un sens. Chemín examina sa montre. L'heure était passée. Les invités devaient être en train d'arriver. S'il avait pu, il se serait perdu dans la montagne jusqu'à la nuit. Il avait à présent l'impression que la fête donnée en son honneur était celle d'un autre. En se levant, il s'aperçut qu'il avait trop bu. Le bourdonnement claqua comme une lampe qui se grille. Une lumière parcourut tout son corps à la manière d'une vieille douleur. Lorsqu'il s'approcha du comptoir pour payer, le patron, lui aussi émigrant en son temps, lui dit qu'il ne devait rien. Ce que tu as bu est payé, Chemín. C'est la maison qui régale ? demanda Chemín. Non, c'est Gandón. Ce que tu as bu, c'est Gandón qui l'a payé. Je lui ai dit que tu avais bu quatre verres. Mais il a répondu que ce n'était pas grave et que j'encaisse le tout. Que pour une fois, ce n'était pas un problème.

Au lieu de suivre la route, Chemín emprunta un raccourci qui menait au hameau à travers bois et à travers champs. La fraîcheur des frondaisons avait fait taire le bourdonnement, mais un peu plus loin, dans les herbiers, un soleil inhabituel pour la saison, un soleil meurtrier, tel un tison, avait à nouveau farfouillé dans l'essaim. Il mit sa main en visière et regarda en direction du hameau. La distance entre le hameau et le village avait plusieurs fois changé au cours de sa vie. Lorsqu'il était petit, il avait l'impression qu'elle était très longue. Plus tard, elle était devenue plus modeste, pour finir par se réduire à un jet de pierre. À présent, elle reprenait les dimensions de son enfance, mais pas de la même façon, comme si les cailloux étaient devenus des morceaux d'os.

Au milieu du sentier, plus franchement inerte qu'allongée, il aperçut soudain une forme humaine qui haletait, c'était Gandón. Leurs regards se croisèrent. Celui de l'homme couché, la tête appuyée contre le talus, était un regard d'angoisse, avec le blanc des yeux injecté de sang et larmoyant. Il avait porté une main à son cœur et se le malaxait comme un potier travaillant sa boule d'argile.

C'est le vin, murmura Gandón, il est de plus en plus trafiqué.

Son visage grimaçant affichait un mélange d'ironie et de douleur.

Sans dire mot, Chemín l'aida à se relever, mais lorsque l'autre voulut épousseter sa veste, il s'écroula à nouveau. En faisant un grand effort, Chemín le saisit par la taille et passa le bras de Gandón sur son épaule, puis ils se mirent à progresser ainsi, presque en se traînant. Collés l'un à l'autre, en sueur, ils avaient l'air de s'oxygéner au même soufflet avec un sifflement plaintif.

Lorsqu'ils atteignirent la grille du jardin de Gandón, celui-ci fit mine de pouvoir se débrouiller tout seul. Ils demeurèrent un instant appuyés pour reprendre leur souffle. Finalement, le silence revint et Chemín poursuivit sa route.

Il faut que tu m'apprennes à élever les abeilles, murmura Gandón.

Chemín ne répondit pas.

Lorsqu'il arriva à la maison, ses petits-enfants se précipitèrent vers lui pour l'embrasser et il tendit sa joue avec une tendresse inexpressive, le regard ailleurs. Il se dirigea vers sa chaise, en bout de table, et s'y laissa choir en silence.

À présent au lit, dans une veille brumeuse, il tente de reprendre son rêve.

Les deux enfants descendent du ciel le long d'un sentier, en donnant des coups de pied précis sur les cailloux avec leurs galoches. Nous allons faire quelque chose, propose soudain le petit Chemín. Je te donne mes lézards et ainsi tu pourras aller au ciel. Et toi, demande le petit Gandón ? Moi je vais pêcher des truites à la main. Lorsque j'en aurai attrapé une, je l'amènerai au saint qui garde la porte. Mais pour l'instant, file devant !

Et ton ami ? Pourquoi ton ami n'est pas revenu, demanda saint Pierre après avoir recompté plusieurs fois les lézards verts ?

Il a dit qu'il préférait aller pêcher des truites, expliqua innocemment le petit Gandón.

Ainsi donc, il est allé pêcher des truites, eh bien, dis donc ! s'exclama énigmatiquement le douanier.

Dans sa chambre, Chemín entendit enfin sonner la cloche. Très doucement, comme un chanteur aveugle, et la cloche de la paroisse disait : *Gan dón, Gan dón.*

Son fils, son cher petit *O'YéYé*, ouvrit la porte de la chambre et annonça dans la pénombre : Tu sais quoi, papa ? On dit que Gandón est mort.

Il écarquilla les yeux pour embrasser son fils du regard. Il entendait sa voix de plus en plus lointaine, alors que celui-ci s'approchait de lui et l'appelait en criant :

Papa ! Papa ! Que se passe-t-il, papa ? Pour l'amour du ciel, papa !

Il volait, il volait, enveloppé par le velours de l'essaim. Pourquoi abandonnaient-elles la ruche ? Pourquoi les abeilles ne restaient pas sur la branche du noyer ? Il voulut demander autre chose, mais la vieille reine était devenue sourde.

La nuit où ils allèrent draguer les filles

Mon ami Eloy possédait une marionnette de ventriloque que l'on appelait Liberto.

La marionnette était vêtue d'une salopette bleue en grosse toile et d'une chemise de flanelle à carreaux rouges et blancs. Liberto vivait dans une valise. Après la disparition de son maître, un arrière-grand-oncle d'Eloy connu sous le sobriquet de Rubí et qui avait le don de parler avec son ventre sans faire bouger ses lèvres, la marionnette avait passé plusieurs années sans voir le jour, comme une taupe au fond du grenier.

D'après le peu de chose qu'on nous a raconté, on sait seulement que Rubí était vieux garçon et habile cordonnier, et aussi qu'il aimait faire la fête à ses moments de loisir. Il avait jadis fait la tournée de toutes les tavernes de la région en compagnie de son ami Liberto, qu'il avait lui-même confectionné, et il commandait toujours deux verres d'eau-de-vie, alors qu'il était seul à boire. Rubí parlait d'un ton posé et parfois moqueur, mais lorsqu'il faisait la voix de Liberto, il était très acerbe et ne savait pas tenir sa langue. La fin de l'histoire de Rubí raconte qu'il fut obligé de fuir pendant la guerre, qu'il avait traversé la frontière du Portugal, puis qu'on avait fini par considérer qu'il était mort car il n'avait jamais plus donné de ses nouvelles.

Liberto revint au monde grâce à nous.

Mes parents allaient toujours en vacances à Gardarás, où ils étaient nés. On logeait chez ma tante Aurora qui avait hérité de la maison de mes grands-parents. Inutile de préciser qu'Aurora avait le cœur sur la main, mais aussi un caractère de chien. Elle était célibataire et détestait s'amuser. Elle nous recevait toujours les bras ouverts et mettait les petits plats dans les grands qui regorgeaient de nourriture, mais elle considérait que les enfants étaient des espèces de lutins qui, la nuit, s'amusent à pisser dans le pot au lait. Aussi lorsque, enfant, j'allais passer mes vacances chez ma tante, j'étais toujours fourré chez Eloy. Là-bas, les enfants étaient les bienvenus et parfois on applaudissait même à leurs bêtises.

Un jour qu'Eloy et moi fouillions dans le grenier, nous ouvrîmes par hasard la valise dans laquelle habitait Liberto. Le regard fixe de la marionnette, ses yeux de porcelaine bleue se posèrent sur nous. Effrayé, Eloy referma précipitamment la valise.

C'était un dimanche après-midi et les adultes

étaient dans la cuisine en train de regarder une émission qui s'appelait *Reine d'un jour*. C'est le père d'Eloy qui avait rapporté la télévision d'Allemagne où il était parti comme ébéniste dans une usine de meubles. Et tous les voisins venaient la regarder, comme s'ils allaient au cinéma.

Dans l'émission *Reine d'un jour*, il y avait toujours une femme qui pleurait beaucoup parce qu'elle était émue. Et les autres femmes qui regardaient la télévision n'étaient pas loin de fondre en larmes elles aussi.

Maman, expliqua Eloy en tirant sa mère par la manche, nous avons trouvé un petit bonhomme là-haut.

Bien sûr, mon chéri, bien sûr, répondit sa mère. Et elle continua à regarder *Reine d'un jour* comme si de rien n'était.

Nous avons regardé un instant, nous aussi. La femme de la télévision croulait sous les cadeaux, elle en avait un pour chacun de ses enfants et ils étaient seize, disait l'animateur. Je n'étais donc plus étonné de la voir pleurer d'émotion, ses seize cadeaux empaquetés dans les bras.

Au bout de quelques minutes, Eloy et moi nous désintéressâmes de l'affaire et retournâmes au grenier. Nous nous approchâmes de la valise avec d'infinies précautions, comme si c'était une souricière. Puis, d'un commun accord, nous entreprîmes de la bourrer de coups de poing et de coups de pied.

Et c'est enfin moi qui osai coller l'oreille sur la valise.

Tu entends quelque chose, me demanda Eloy?

Une plainte. J'ai l'impression qu'il gémit, inventai-je.

En bombant courageusement le torse, à la manière des gars de la bande de Katanga, qui étaient devenus la terreur de toutes les fêtes de La Corogne, j'ouvris la valise. Ses yeux de porcelaine bleue se clouèrent sur moi comme deux phares au milieu de la nuit.

Et je ressentis soudain une espèce de ronronnement au fond de mon ventre. Une sorte de brise y soufflait, elle y soufflait malgré moi, et de plus en plus fort, comme une cornemuse, puis cette brise se mit à parler à ma place.

Allez, dis quelque chose, merde! s'exclama la marionnette. Mieux vaut tard que jamais.

Des années plus tard, je découvris dans un livre le cas de Tom, un Irlandais américain qui avait avalé une assiette de lentilles si chaudes qu'il s'était brûlé l'œsophage. Puis je pris connaissance du compte rendu du professeur Stewart Wolf, d'Oklahoma. Je me souviens de l'endroit parce que j'ai toujours adoré prononcer ce mot : Oklahoma! On avait dû perforer l'estomac de Tom pour parvenir à y introduire de la nourriture. Et c'est grâce à ce trou que le docteur Wolf put mettre en évidence, à l'issue d'une longue étude de plusieurs années, le rapport qui existe entre l'estomac et le centre des émotions. Il conclut en ces termes : L'âme habite l'estomac et non le cœur ; cela est dû à sa dimension et, bien entendu, à sa voracité.

Ce jour-là, dans le grenier, nous nous regardâmes, Eloy et moi, avec plus de surprise que de crainte. Pour moi, cette marionnette ressemblait maintenant à un animal fabuleux venu de je ne sais quelle lointaine planète. Un étrange courage, peut-être parce que j'avais pensé à la bande de Katanga, me poussa à la prendre dans mes bras. Elle était aussi légère qu'un nain. Je tournai alors mon regard en direction d'Eloy et ressentis à nouveau cette espèce de ronronnement au fond de mon ventre.

Salut, P'tit-Bossu !

Eloy écarquilla les yeux comme si le diable venait de se moquer de lui. Les Bossus. C'était le surnom que l'on avait donné à sa famille et, bien entendu, on évitait de le dire en leur présence. Cela venait de loin. Mais aujourd'hui il n'y avait plus de bossu chez Eloy. C'est justement l'arrière-grand-oncle Rubí qui avait été le dernier petit bossu de la famille. Les gens lui passaient la main dans le dos parce que cela porte bonheur, et l'on raconte que la marionnette Liberto se mettait en colère et qu'elle criait : Passez-vous-la sur le cul !

Lorsque nous descendîmes avec la marionnette, les adultes étaient rivés à l'écran, la larme à l'œil. C'était la fin de *Reine d'un jour.* Au début, ils ne remarquèrent pas ce que j'avais dans mes bras. Et puis, à nouveau, le ronronnement reprit au fond de mon ventre et j'explosai sans le vouloir.

Pauvre reine que celle qui n'est reine qu'un seul jour, s'exclama la marionnette !

Je me souviens très bien de tous ces regards tournés vers moi. J'avais déjà affronté des menaces de ce type, mais de façon individuelle. Par exemple lorsque ma tante Aurora me surprenait en train de marcher sur son tapis turquoise avec mes souliers crottés et qu'elle me fusillait du regard.

C'est très gentil ce que tu fais ! me disait-elle. Et ses yeux me transperçaient comme deux poignards.

À présent, c'était des dizaines d'yeux furieux qui me prenaient pour cible. Bien plus tard, et toujours pour avoir dit ce que je n'aurais jamais dû dire à qui je le disais, je réussis à définir cette sensation. C'était l'Effet de la Faux.

Ne vous énervez pas, ne vous énervez pas ! ajouta alors la marionnette pour s'excuser.

Ah, Jésus, Sainte Vierge, Mère de Dieu, Liberto est revenu !

C'est la grand-mère d'Eloy qui, malgré son regard de myope, avait reconnu la marionnette avant tout le monde. Le son de la télévision ne devint plus alors qu'un bruit de fond. Liberto était à présent le centre d'intérêt du groupe, on se le passa de main en main et on lui fit même goûter l'anis, mais, cet après-midi-là, il ne recommença pas à parler ; la nuit tomba et finalement on alla se coucher.

Nous revenions tous les ans en vacances. De temps en temps, Eloy et moi montions au grenier pour ouvrir la valise et bavarder un petit moment avec Liberto. À notre façon, nous lui donnions des nouvelles de Gardarás et de ce que la vie nous révélait peu à peu. Souvent Liberto s'exclamait, depuis le fond de mon ventre : Allez, dis quelque chose, merde !

Mais l'année dernière, ce furent mes dernières vacances passées avec Eloy ; avec Liberto aussi. Cette année, il n'est pas question de retourner à Gardarás. Je crois même que je n'y retournerai plus jamais.

Eloy est en train de finir son Droit et moi mon diplôme de Lettres. Nous faisons tous les deux nos études à Saint-Jacques-de-Compostelle, mais nous ne nous voyons presque jamais. Nous vivons de façon très différente. Il fréquente beaucoup le quartier de l'Ensanche, il aime aller dans les bistrots branchés. Et moi... Eh bien, moi, je fréquente d'autres endroits. Il n'y a rien d'autre à ajouter.

En fait, l'année dernière, je m'étais rendu chez Eloy dès le premier soir des vacances d'été. C'était soir de fête, le soir de la Saint-Jean. À Gardarás, on a conservé l'habitude des feux et des sardines grillées que l'on mange avec du pain de maïs. Nous étions là, avec tous les voisins. Les filles avaient grandi, comme nous, et les vieux plaisantaient à nos dépens.

Ils vont se marier à Gardarás, ces deux-là !

Très tard dans la nuit, à l'heure du café allongé d'eau-de-vie, alors qu'il ne restait plus autour du feu que les anciens, Eloy, les yeux injectés de sang, s'approcha de moi et me dit à l'oreille : Si on allait draguer les filles au Saltón ?

C'était une blague que faisaient tous les gens de Gardarás. Le Saltón était un coin perdu dans la montagne, où il y avait encore des fermes très isolées. Pour les habitants de Gardarás, c'était le monde inconnu. Lorsque quelqu'un disait une grosse bêtise, ou faisait quelque chose de très maladroit, on se moquait : Tu ne viendrais pas par hasard du Saltón, toi ?

Mais Eloy me lança un clin d'œil, il parlait sérieusement, avec cette voix commune à tous les fêtards de la famille des Bossus.

Allez, mon pote, on va draguer les filles au Saltón !

Il était à moitié saoul. Moi aussi d'ailleurs.

Je ne savais même pas ce que signifiait aller draguer les filles au Saltón. J'étais prêt à aller draguer n'importe où, moi.

C'est alors que Liberto me revint à l'esprit.

Je viens avec toi, lui répondis-je, mais à condition d'emmener Liberto.

Eloy mit plusieurs minutes à comprendre ce que

je voulais dire. Il regarda les braises comme s'il était en train de lire une histoire ancienne, puis il éclata de rire.

Liberto ! Mais bien sûr que Liberto vient avec nous !

On prit la route avec la voiture d'Eloy, puis nous nous garâmes derrière une haie de lauriers.

Il vaut mieux continuer à pied, décida Eloy, nous allons prendre le chemin des feux de la Saint-Jean.

Depuis l'endroit où nous nous trouvions, nous voyions en effet trois ou quatre feux, pareils à de gigantesques vers luisants, qui scintillaient dans l'épaisseur de la nuit. Je portais à la main la valise où se trouvait Liberto.

À la première ferme, nous fûmes reçus par un chien qui aboyait sans grande conviction. Les nuits de la Saint-Jean, les chiens n'aboient pas beaucoup car ils ont souvent des restes à ronger autour des feux. Tels des gardiens de la nuit, il n'y avait que deux vieux devant les flammes. Ils nous invitèrent à boire de la liqueur de café. Après quelques verres et lorsqu'ils apprirent que nous étions de Gardarás et que nous appartenions à telle et telle famille, ils nous demandèrent ironiquement : Et qu'est-ce qui vous amène ici ?

Nous venons draguer les filles, répondit Eloy avec la ferme résolution d'un homme saoul.

Les filles ? Rien que ça ! Eh bien, les filles, des filles superbes, c'est plus haut qu'elles sont, dit le plus moqueur, en tendant son bras vers le sommet de la montagne.

Comme des navigateurs attirés par un phare, nous nous dirigeâmes vers le feu suivant. Eloy proposa de prendre un raccourci et nous nous enfonçâmes dans un petit sentier. Nous nous aperçûmes très vite que personne ne l'utilisait plus depuis longtemps et qu'il était envahi par les ronces. Je me frayais un passage en écartant la végétation épineuse à l'aide de la valise de Liberto. Les circonstances nous avaient un peu dessaoulés et j'eus soudain l'impression que la lune se moquait de nous.

Il vaudrait mieux faire demi-tour, tu ne crois pas ? demandai-je à Eloy.

On y est presque, répondit-il à bout de souffle et sans vouloir se dédire.

Il n'y avait personne autour du feu. Pas même un chien.

On allait faire demi-tour et redescendre en direction de Gardarás lorsqu'une lumière s'alluma et qu'un vieil homme avec une lanterne et un bâton se présenta sur le pas de la porte.

Vous cherchez quelqu'un ?

Nous cherchons des filles, chef! cria insolemment Eloy.

Ici, il y en a, il y a des jeunes filles, répondit le vieil homme le plus sérieusement du monde!

Le vent répandait, comme poussière de lune, un

parfum de feu épuisé. J'étais resté cloué au sol avec ma valise à la main, tel un voyageur sur le quai d'une gare sans nom.

Eloy me poussa : *Avante*, Don Juan !

C'était une maison de laboureur tout en pierres, en bois et en ardoises, excepté une cloison de briques qui cachait les anciennes mangeoires donnant sur l'étable. Il y avait une forte odeur de légumes lavés, de lait récemment tiré et de fumier tout proche. Il y régnait une lueur de film intimiste, voilée par la fumée de l'âtre qui respirait encore dans le coin du fond comme un animal mythique. Assise sur le banc de la cheminée, une vieille tout habillée de noir cousait, la tête penchée. On aurait dit qu'elle cousait avec le fil de ses cils. Je pris le temps de l'observer en détail car le patriarche nous avait guidés vers l'endroit où elle se trouvait, tout près du feu.

Le vieil homme frappa dans ses mains et cria : Descendez, les filles, nous avons de la visite !

En vérité la jeune fille qui descendit avait un visage d'enfant, rouge comme une pomme. Mais son corps était déjà un corps de femme bien formé, avec une poitrine généreuse et des bras robustes et nus. Je me dis qu'elle devait être capable d'embrasser avec beaucoup de douceur au lit, puis de partir faucher, en moins de temps qu'il ne faut pour le dire, les épaisses broussailles de la montagne. Elle nous sourit timidement et vint s'asseoir sur le banc de pierre, devant les braises, tout près d'Eloy.

Elle s'appelle Lidia, dit le vieil homme qui s'était installé à table. Il avait chaussé ses lunettes et s'apprêtait à lire *El Progreso.* J'ignore pour quelle raison, mais j'avais soudain éprouvé de la jalousie envers lui. Peut-être parce que moi aussi j'aime lire la nuit, lorsque les autres parlent parce qu'ils ont besoin d'aligner des mots.

C'est exact, je m'appelle Lidia, dit Lidia avec un petit sourire enjoué.

María, descends, allez, descends donc, cria à nouveau le vieil homme sans quitter le journal des yeux. Puis il finit par murmurer : Descends, ils ne vont pas te manger.

Sans même nous cacher, nous commençâmes à guetter le haut de l'escalier comme des chasseurs de perdrix. Mon cœur se mit soudain à battre avec horreur. À présent quelqu'un descendait l'escalier et j'aperçus le profil d'une silhouette endeuillée, la tête couverte d'un foulard noir. À sa façon de descendre les marches toute crispée, sur le point de tomber, on aurait dit la sœur jumelle de la vieille gâteuse qui cousait près du feu.

C'est María, dit la femme-enfant avec un reflet triste dans les yeux.

Eloy se raclait la gorge, comme pour se débarrasser de son ivresse. Lui aussi avait la nuit en travers de la gorge.

Je compris que la soirée allait être gâchée et Liberto me revint à l'esprit. J'ouvris la valise et le pris dans mes bras. Lidia eut un petit rire nerveux et Eloy me regarda avec une affligeante mélancolie. Je sentis le soufflet de mon ventre qui se remplissait d'air et ma main anima l'âme de bois de Liberto.

Réveille-toi et active-toi, mon cœur,
Les fleurs de Saltón sont là, devant toi !

Pour la première fois depuis notre arrivée, la vieille qui cousait détourna son regard du tissu et observa la marionnette avec curiosité.

Cousez, madame, cousez, dit Liberto en regardant du coin de l'œil le vieil homme, à nouveau attentif à sa lecture. Recousez la queue au lézard !

Aidé par la bonne humeur de Liberto, je réussis à surmonter ma répulsion et tentai d'apercevoir le visage de celle qui venait de se joindre à nous. J'étais soudain moi-même devenu la marionnette articulée à qui quelqu'un faisait trembler les lèvres. Des boucles couleur châtain dépassaient légèrement du voile et ses yeux ressemblaient à deux pierres de gemme vert étincelant dans la pénombre. On aurait dit qu'elle n'avait pas d'âge et qu'elle était naturellement belle.

Le visage d'Eloy était perplexe devant cette étrange apparition. Enfin revenus de nos émotions, nous acceptâmes le café proposé par la jeune Lidia que la chaleur du feu avait rendue plus mûre. Ensuite Eloy et Lidia s'engagèrent tout naturellement dans une conversation et moi je restai seul en face de María. Envoûté. Je lui dis quatre banalités. Que j'étais de Gardarás, mais que j'avais été élevé en ville et que je faisais des études de Lettres.

Pourquoi as-tu choisi les lettres ?

Parce que j'aime l'histoire des mots, répondis-je un peu honteux.

Les mots, s'exclama-t-elle ! Puis elle murmura : *Les feuilles mortes* [1].

Je savais ce qu'elle avait dit, je le comprenais, mais je ne pouvais cependant pas comprendre que ce soit elle qui l'ait dit.

C'est du français, lui répondis-je d'un air étonné.

Oui, admit-elle avec un sourire triste, c'est du français. Elle demeura un instant en silence, elle avait l'air absente. Puis elle ajouta : J'ai longtemps vécu à Paris, tu sais !

Immigrée ? lui demandai-je abasourdi.

Bien sûr. J'étais femme de ménage. Bonne à tout faire. Tu fumes ?

Eloy fumait, lui. Je lui demandai de me passer une cigarette. María l'attrapa du bout des lèvres et l'alluma avec une braise tirée du feu. Elle souffla un nuage de fumée et se mit à tousser. Elle toussa très fort, on aurait dit que ses poumons allaient exploser.

1. En français dans le texte.

Ne fume pas, María, cria le vieil homme depuis la table ! Tu sais que tu n'as pas le droit de fumer !

Ses yeux étaient à présent tout rouges avec de magnifiques flammèches vertes. La peau de son visage était une pâle porcelaine mouchetée de taches de rousseur couleur café.

Alors comme ça tu fais des études de Lettres, dit-elle.

Oui, Lettres classiques.

Classiques, bien entendu. Ce doit être intéressant.

Puis, sans s'occuper de ma présence, sans s'occuper de ce qui l'entourait, hypnotisée par les flammes, María se mit à chantonner :

En ce temps-là la vie était plus belle
Et le soleil plus brûlant qu'aujourd'hui.
Les feuilles mortes se ramassent à la pelle[1]...

Puis elle plongea son visage dans ses mains et se mit à pleurer. Elle pleurait si fort que les larmes coulaient entre ses doigts. Soudain, elle cessa de sangloter et me montra son visage. Il était rayonnant, mouillé par la pluie, et elle commença à me caresser très doucement les joues du bout de ses doigts tremblants.

Mon amour, mon amour !
Que vont devenir les feuilles mortes ?

1. En français dans le texte.

Un lourd silence envahit la pièce. Eloy, qui tout en plaisantant avait posé ses mains sur les genoux de Lidia, m'observa d'un air inquiet. On aurait dit qu'il attendait des explications de ma part.

Seul Liberto, au fond de moi, fut capable de dire quelque chose. Un vieux couplet :

Je ne sais pas ce que tu m'as fait
Mais je ne peux plus t'oublier
Le jour dans mes pensées
La nuit dans mes rêves.

Ça suffit, María, hurla le vieil homme ! Et ensuite, sur un ton beaucoup plus doux : Arrête de pleurer, je t'en prie. Il vaut mieux aller te coucher.

Pauvre petite, s'exclama Lidia. Elle s'était levée et avait pris sa sœur par les épaules, la tête de María pressée sur son ventre. Lorsqu'elle est revenue, elle était très malade. Qui sait ce qu'elle a dû endurer. Elle est si belle ! Les nerfs lui rongent la tête.

La marionnette regarda María avec ses yeux de porcelaine bleue et sa voix au fond de mon ventre la salua :

Merci dame, la plus belle [1].

Et moi, aux prises avec un soudain malaise, je me mis à ranger mécaniquement Liberto dans la valise. Avant que je ne la ferme, la vieille le regarda avec

1. En français dans le texte.

regret et dit en faisant le signe de croix : Drôle de petit bonhomme. Malgré tout, nous devons remercier le Ciel pour être comme nous sommes.

Non. Cette année je ne retournerai pas à Gardarás. Car je serais absolument incapable de regarder en direction des sombres et verdoyants versants de la montagne de Saltón. Ni le jour dans mes pensées ni la nuit dans mes rêves.

La flûte de pain

Après l'enterrement au cimetière de San Amaro, nous nous étions d'abord rendus au Huevito, puis au bar David trinquer pour le salut de l'âme disparue. Fontana venait de perdre sa mère et il en était extrêmement affecté. On aurait dit qu'il sentait encore le poids du cercueil sur son épaule et il avait toujours cet air triste et coupable qu'ont les enfants lorsque leur mère disparaît. Sa mère à lui avait eu la maladie d'Alzheimer et elle le prenait pour le journaliste qui présentait la météo à la télévision.

Regardez-moi ça, comme il fait sérieux ! disait-elle. Puis elle lui envoyait un baiser en soufflant sur la paume de sa main en direction de l'écran.

Fontana était persuadé que cette perte de mémoire était avant tout une protestation et que sa mère lui reprochait indirectement ses absences répétées. Il était célibataire comme chacun de nous et il adorait sa vie de bohème. Il avait fini par nourrir une antipathie particulière pour l'Homme du Temps. Mais un jour, O'Chanel lui dit : Il faut tout de même avouer que vous vous ressemblez énormément, Fontana, vous vous ressemblez comme deux gouttes d'eau.

Fontana prit alors la décision de s'acheter un costume avec une veste croisée comme celle de l'Homme du Temps et il s'en fut dire à sa mère : Maman, c'est moi.

Je vois bien que c'est toi, lui répondit sa mère en souriant. Ça fait longtemps que je prie pour qu'on te libère de toutes tes isobares.

Corea était accoudé au comptoir du bar. C'était un buveur solitaire qui ne parlait à personne. Et lorsque, exceptionnellement, il disait quelque chose, y compris lorsqu'il voulait se montrer aimable, de véritables apocalypses sortaient de sa bouche, il les lâchait d'une voix grave, c'était de grosses pelletées de terre. C'est pour cette raison que, lorsqu'il s'approcha de Fontana, on se méfia tous de ce qu'il allait lui sortir. Mais Corea le prit par les épaules et lui adressa des condoléances plutôt surprenantes : Il faut laisser les morts s'en aller. Il ne faut pas tenter de les tirer vers le bas. Il faut juste déplacer une tuile sur le toit et attendre que leur âme trouve sa place.

Sans rien ajouter, Corea se dirigea à nouveau vers le comptoir, il avala ce qui restait dans son verre, paya la tournée et prit la porte sans dire au revoir.

Nous demeurâmes un instant en silence. Il a fait une très belle prière, dit finalement O'Chanel.

C'est la plus belle, ajouta pensivement Fontana.

Allez, trinquons au salut de l'âme disparue.

À l'âme !

C'est sûr, dit O'Chanel. C'est sûr que certaines choses ont une âme. Autrement dit, il y a des lieux où les âmes viennent se poser, comme les oiseaux sur leur branche.

O'Chanel avait toujours une histoire prête à combler les temps morts. Il lui suffisait juste d'un petit coup à boire pour, comme il le disait, huiler son éloquence. Jeune encore, il avait émigré en France dans un de ces trains qui partaient de Galice, bourrés de voyageurs. Et cela lui avait réussi. Figure-toi, mon vieux, que c'est moi qui plaçais les pare-chocs sur les Renault ! déclarait-il comme un maréchal victorieux. Il racontait même qu'il s'était assis aux côtés d'un philosophe célèbre, à la terrasse d'un café, sur les bords de Seine, et que ce philosophe avait pris en notes tout ce qu'il disait. Il est évident, ajouta O'Chanel, qu'il m'a d'abord demandé la permission de le faire. Ça, c'est un pays de culture et d'éducation ! Pour lui, la nostalgie fonctionnait quelquefois à l'envers : Il faut absolument que je revienne à Paris ! Les hommes qui savent parler sont, là-bas, de vrais séducteurs.

Une fois, dit ensuite O'Chanel, une fois j'ai dévoré une âme.

Et il regarda autour de lui, en nous fixant l'un après l'autre, comme s'il essayait de gagner du temps avant de se faire contredire.

Lorsque j'étais enfant et qu'à la maison c'était la famine, ma mère m'envoya voir ce qu'on donnait avec la carte de rationnement. On verrait bien. On donnait toujours très peu, mais la moindre nourriture qui entrait chez les pauvres était accueillie comme le meilleur festin. Nous habitions dans le village, mais nous n'avions pas de terres. Vous savez bien que mon père était ouvrier. De leur côté, les agriculteurs se débrouillaient toujours. Lorsque les gens d'Abastos arrivaient, ils grattaient tout ce qu'ils pouvaient, mais ils avaient toujours quelque chose à mettre au fond de la marmite. Notre marmite à nous par contre ne contenait la plupart du temps qu'un os ridicule pour relever un peu le goût du bouillon de légumes. En plus, nous étions nombreux dans la famille, une couvée de poussins qui se pressait autour de la mère. Tu dis ça aujourd'hui et on se fout de toi, mais vous savez que c'est vrai.

Bon, eh bien ma mère m'envoya voir ce que je pouvais trouver avec la carte de rationnement. Va voir ce qu'on donne aujourd'hui, me dit-elle.

Je pris la route de bon matin. Il fallait marcher cinq kilomètres avant d'arriver à Cambre. Sombre et enfumée — car les malheurs n'arrivent jamais seuls et le feu brûle mal, il devient paresseux lorsqu'il n'a rien à faire cuire — la maison était déjà loin derrière moi. J'avais laissé mes frères et leur chorale de jérémiades et de toux. Dehors, la journée ressemblait à l'intérieur de la maison. Une espèce de brouillard gluant, une sorte de rouille glacée et triste enveloppait tout et pénétrait à l'intérieur de la tête. Quelques oiseaux s'étaient posés sur les branches et sur les fils de fer des clôtures, mais ils avaient tous l'air lugubre, recroquevillés sur eux-mêmes avec leur costume de deuil. Le chemin était couvert de boue et j'essayais de marcher sur les cailloux pour ne pas souiller mes sabots, mais parfois je glissais et j'avais fini par avoir de la boue jusqu'aux chevilles. Puis j'en eus assez de faire attention, au bout d'un moment je faisais même exprès de patauger dans les flaques comme une poule d'eau. Je traversais des endroits où les gens ne me voyaient même pas. Je disais bonjour et on me regardait de travers sans répondre. J'étais un enfant invisible.

Voilà comment se passa mon voyage vers la flûte de pain. Car tout ce que l'on me donna, lorsque je tendis ma carte de rationnement, ce fut une flûte de pain.

Et je pris le chemin de retour en serrant contre moi la fameuse flûte. Pour moi, ce pain avait la couleur de l'or. À présent je marchais avec une extrême assurance, je faisais des détours pour trouver le bon passage. Il n'était pas question que je glisse et que la nourriture soit gâchée. C'est alors que la faim se réveilla au fond de moi. Jusqu'alors, je m'étais arrangé pour qu'elle pense à autre chose, pour qu'elle somnole, mais en sentant que le pain se trouvait si près d'elle, elle se réveilla. Et, sans même m'en apercevoir, j'arrachai soudain un petit morceau de croûte. Je le laissai se ramollir à l'intérieur de ma bouche, sans le mastiquer, je prenais tout mon temps. Je savourais toutes les saveurs du monde. La saveur du flan, des bonbons, la saveur des merveilles. Et je m'aperçus alors que le jour était sur le point de se lever, la brume s'éloignait, elle s'effilochait sur les branches des arbres.

Mes doigts continuaient à trouer les entrailles de la flûte, roulaient des boulettes de mie. Ils avaient pris leur indépendance, je ne m'apercevais de rien, ils portaient les boulettes de mie à ma bouche comme si ce n'était pas moi qui le faisais. C'était une journée vraiment merveilleuse. Je n'avais jamais observé les couleurs de l'hiver en Galice. Avec les violettes qui bordent les chemins, les genêts qui jaunissent la montagne, les fleurs de raves formant de grands tapis princiers.

Une autre bouchée et les oiseaux se mettent soudain à chanter. Le merle, le rouge-gorge, le moineau, le roitelet, la fauvette, la bergeronnette, le pinson, l'alouette. De joyeux parents qui ne migrent jamais.

Un autre morceau de pain sous le palais et les cloches de Sigrás se mettent à sonner. Ce n'était pas un son funèbre comme c'était l'habitude à l'époque.

C'était un son de fête qui, semblable à l'aurore, parcourait lentement la campagne.

Le mugissement des vaches et le chant du coq ressemblaient à des hymnes d'abondance et de vie retrouvée. Un vieillard chargeait du fumier sur une charrette, il emplissait l'air d'une exhalaison tiède qui sentait la récolte future, les pommes de terre bouillies et le maïs, et même les sardines de la mer.

Bonjour, petit! lança Vulto, le vieux voisin qui d'habitude ne disait jamais un mot. Joyeux Noël!

Ce salut si tendre me fit l'effet d'une gifle. Vulto était muet et voilà bien un mois que Noël était passé.

Je voulus regarder la flûte de pain, mais il n'en restait plus qu'un peu de poussière de farine sur mon caban. Arrivé devant chez moi, je l'époussetai comme qui épousseterait un péché. J'ouvris la porte et, du fond de cette grotte enfumée, une douzaine d'yeux, brillant de désir, se tournèrent vers moi.

Qu'est-ce qu'on t'a donné? demanda ma mère.

Un pain, répondis-je, une flûte de pain.

Et afin de ne pas retarder davantage l'instant de la punition, j'ajoutai sans attendre : Je l'ai mangée en chemin. Et mes bras retombèrent le long du corps. Très mal à l'aise, je m'approchai ensuite de ma mère, je voulais qu'elle me frappe très fort.

Elle se contenta de me regarder dans les yeux. Je me dis qu'elle se demandait si j'étais encore une œuvre de Dieu. Puis elle m'attira sur son ventre et sécha mon visage avec son fameux tablier imprimé de fleurs de camomille.

Elle dit enfin : Tu as bien fait, mon fils, tu as bien fait !

Le perroquet de La Güaira

Les dimanches, on mangeait vraiment bien. Un de nos compatriotes avait ouvert un restaurant à Caracas et il nous avait engagés pour faire les clients. On passait une cravate et on allait s'asseoir à l'endroit le plus visible de la grande baie, on se mettait en vitrine; on mangeait en manifestant un maximum d'enthousiasme. C'est une loi de l'hôtellerie. Personne n'entre dans un endroit où il n'y a personne, et encore moins si c'est pour aller manger. Certaines affaires jouent de malchance. Vous avez beau les avoir impeccablement montées, les gens n'y entrent pas et n'y entreront jamais. Ne me demandez pas pourquoi, c'est comme ça. Notre rôle à nous était de faire la publicité du lieu. Et il faut avouer qu'on s'y prenait plutôt bien.

Ensuite on se rendait sur cette place de Caracas où il y a une statue de Simón Bolívar qui chevauche une énorme monture. Un pays qui possède une sculpture aussi imposante, avec un cheval aussi bien sculpté, devrait marcher de façon formidable, mais enfin... On s'asseyait donc sur cette place et on avait l'impression d'être à la maison et au cinéma en même temps. Les émigrants qui venaient d'arriver se réunissaient là et on trouvait toujours quelqu'un du pays qui nous ramenait des nouvelles fraîches. Il y avait beaucoup d'animation. Vraiment beaucoup. Je vais vous raconter comment j'ai fait la connaissance de Christophe Colomb.

Deux hommes à l'allure de vagabonds étaient assis sur un banc, en face de nous. Ils étaient en train de boire au goulot. Ça me faisait plutôt rire. Mon compatriote et moi-même étions là, avec notre cravate, le ventre plein, mais plutôt mélancoliques. Le dimanche après-midi, on avait en général la nostalgie de ce qu'on avait laissé derrière nous. J'aurais bien bu un coup avec eux, au goulot de cette bouteille qui les faisait tant rire. Et c'est alors qu'un des ivrognes leva le bras vers une des rues qui donnaient sur la place et lança d'un ton joyeux : Regarde, mec, voilà Christophe Colomb qui se ramène !

Surpris, on se retourna pour regarder dans la direction indiquée et on vit un énorme métis qui venait vers nous, il était vêtu de haillons et une nuée de mouches tournoyait autour de lui. Les trois vagabonds tombèrent dans les bras l'un de l'autre joyeusement et se mirent à fêter leurs retrouvailles au goulot de la bouteille de rhum.

Colomb, grand couillon !

À l'époque j'avais déjà réussi à économiser un peu d'argent. Pour cela, il suffisait de ne pas dépenser un sou et l'on arrivait à économiser. Mais le pire, c'est lorsque nous sommes arrivés. Je me suis vraiment retrouvé dans un autre monde. J'avais débarqué à La Güaira, et j'ai été engagé dans le bâtiment. Le premier jour où j'ai grimpé sur un échafaudage, il faisait une chaleur du diable, mais j'étais très volontaire à ce moment-là, je voulais conquérir le monde : un comportement de jeune qui ne réfléchit pas encore beaucoup. Lorsque je me suis aperçu que j'avais la tête qui tournait, je m'étais déjà dilué en sueur. En bas, un ouvrier noir, qu'on appelait Blanche-Neige, me cria : Quelle horreur, Galicien, tu sens le caoutchouc brûlé !

Et c'est vraiment ce que j'étais devenu : un pneu brûlé. J'eus tout juste l'idée de me rendre sur les quais avec un seau pour demander un pain de glace. Et je me mis à le sucer et à boire l'eau qui s'échappait du bloc. Le jour suivant, je n'arrivais pas à tenir debout. J'avais de la fièvre, tout était trouble et jaune autour de moi. On dormait à trois dans la même chambre louée, on avait juste la place pour installer nos paillasses. Le soir, les gars m'apportaient de quoi manger, mais je vomissais tripes et boyaux. Par chance, il y avait une fenêtre qui donnait sur la cour. Et par chance également, dans cette cour, il y avait un perroquet.

Ce perroquet n'arrêtait pas de crier toute la journée. La seule chose qu'il disait, c'était : Merceditas ! Il appelait sans arrêt cette fameuse Merceditas. De temps en temps, une voix de jeune fille lui répondait : Je viens, mon chéri, j'arrive tout de suite !

En Galice, dans le village d'où je viens, il y avait une petite voisine qui s'appelait Mercedes. J'aimais beaucoup cette jeune fille, je veux dire qu'elle me rendait un peu nerveux et c'est pour cette raison que je lui faisais toutes sortes de farces. Lorsque la nuit tombait et qu'elle passait sur le chemin du cimetière, je lui faisais peur, je lui faisais plein de choses de ce genre. Caché parmi les pierres tombales, je me moquais vraiment d'elle. Mercediiiiiiiitas !

Donc, ce perroquet appelait Merceditas et cela me permettait de rester vivant et attentif dans un monde de brumes et d'ombres, comme si je surveillais sur le chemin le mur du cimetière. Et j'attendais impatiemment cette voix harmonieuse qui répondait : Je viens, mon chéri, j'arrive tout de suite !

Mon corps avait mis à peu près huit jours à se recomposer. La chambre avait soudain cessé de se balancer comme un wagon qui traverse un tunnel. Et puis j'avais recommencé à manger. Et à travailler. Et c'est ensuite que l'on me proposa ce contrat de client-mangeur, les dimanches, au restaurant d'Evaristo. Comparé aux conditions de vie de Christophe Colomb, ce fut un vrai triomphe.

Il est cependant dommage que je n'aie jamais

rencontré Merceditas. Je n'ai jamais réussi à voir la fille qui répondait au perroquet, car le jour je travaillais et la nuit je dormais. Et puis l'autre Merceditas, celle de mon village, était partie en Amérique juste au moment où moi j'étais retourné au pays.

Nos bateaux ont certainement dû se croiser au milieu de l'océan.

En chemin pour la montagne

Je connais une autre histoire de perroquet.

Doña Leonor l'avait rapporté de La Corogne. C'était un cadeau d'un marin qui l'avait demandée en mariage. Mais doña Leonor avait un trop fort caractère pour vivre avec un homme, y compris avec un homme qui lui faisait la cour en lui offrant des perroquets. Elle partit donc vivre avec son oncle, le curé. Il ne faudrait pas que l'on se méprenne sur ce que je viens de dire. Cet oncle était un homme, un vrai, il avait même un revolver. Une fois alors qu'on l'avait attaqué, il tira le revolver de sous la soutane et déclara : Aussi vrai que Dieu existe, je vais vous faire sauter l'âme. On le laissa repartir sur-le-champ.

Le perroquet de doña Leonor était extrêmement coquet. Sa tête était toute rouge. Il avait des joues blanches et des zébrures orangées autour de ses deux petits yeux tout noirs. Son corps aussi était rouge, avec des ailes vert-bleu et une queue rouge feu. Le perroquet était aussi pieux que sa maîtresse. Elle lui avait appris à réciter le chapelet en latin. Il n'arrêtait pas de répéter sans fin la même litanie : *Ora pro nobis.*

On lui disait : *Ola!* Comment vas-tu, petit perroquet royal?

Et le voici qui répondait : *Ora pro nobis.*

On lui parlait en espagnol parce que c'était un perroquet qui venait de la ville. On insistait : Perroquet freluquet, perroquet freluquet!

Et lui invariablement : *Ora pro nobis.*

Comment s'appelle le petit perroquet?

Et elle répondait en riant — c'était une tout autre femme lorsqu'elle riait : Il s'appelle Pío Nono, que Dieu me pardonne.

Le perroquet était installé sur le grand balcon de la maison du recteur, parmi un épais rideau de fèves en train de sécher, de glanes d'oignons, d'ails et de piments *piquillo*, d'épis de maïs et aussi de grappes de raisin sélectionnées pour faire du vin doux. Et pour mieux alimenter notre convoitise, Pío Nono mangeait des figues sèches, des œufs durs et des framboises, il picorait aussi une feuille de salade aussi large qu'un parasol vert que venaient régulièrement remplacer les domestiques dans la chaleur de ce fameux été.

Ce sont les domestiques qui, d'une certaine

façon, modifièrent bien involontairement le répertoire du perroquet. Sur l'aire où l'on battait le blé, qui se trouvait juste sous le grand balcon, elles appelaient les poules pour leur lancer du maïs : Cocottes, cocottes, coco-cottes ! Et les poules se précipitaient en bringuebalant comme de faux infirmes devant une pluie de pièces de monnaie.

Un beau jour, tôt le matin, le perroquet commença à crier : Cocottes, cocottes, coco-cottes !

Toutes les poules se regroupèrent immédiatement sous le grand balcon, en attendant sans succès leur pluie d'or végétal.

Dès lors, le perroquet commença à perdre son latin, il appelait sans arrêt les poules. Lorsque toute la basse-cour était réunie pour attendre son grain, il partait d'un grand éclat de rire plutôt sinistre pour un oiseau.

Cocottes, cocottes, coco-cooottes ! Ah, ah, ah, ah !

Les ramasseurs de pommes de pin d'Altamira, qui étaient, comme l'on a l'habitude de dire, une race à part, passaient toujours par là, devant la maison du recteur. Ils passaient tranquillement, en tirant sur leurs ânes, le regard rivé au sommet de la montagne. Puis un jour, ils aperçurent le perroquet. Ils le virent en train d'appeler les poules, ils entendirent les éclats de rire de l'oiseau et cela les amusa tellement qu'ils perdirent la moitié de la matinée à observer le manège du perroquet. Doña Leonor sortit sur le pas de la porte et leur fit toutes sortes de réflexions. Elle leur demanda s'ils pensaient que les pommes de pin allaient tomber du ciel avec d'autres reproches qu'ils encaissèrent en silence. Puis ils disparurent comme disparaissent les Indiens dans les westerns. Au matin suivant, les ramasseurs de pommes de pin s'arrêtèrent une nouvelle fois devant le grand balcon. Le perroquet Pío Nono commença la journée en faisant son numéro : Cocottes, cocottes, coco-cottes. Les ramasseurs de pommes de pin n'arrêtaient pas de rire et puis ils finirent par applaudir. Soudain, parmi ces gens, qui avaient un teint de bois du pays patiné par la résine, un cri s'échappa et résonna comme un coup de tonnerre.

Vive l'Anarchie !

Pío Nono lança alors un regard panoramique sur son public, releva fièrement et solennellement la tête, puis répéta : Vive l'Anarchie !

On lança les casquettes en l'air, puis les bravos et les applaudissements fusèrent.

En chemise de nuit, avec son pâle visage de lune décroissante, doña Leonor sortit sur le grand balcon. Et l'on n'entendit jamais plus parler du perroquet à la queue rouge feu.

Cavaliers dans la tempête

C'était ma première marée à Gran Sol. J'avais projeté d'acheter une guitare. Pas n'importe quelle guitare, une vraie guitare, une authentique Fender, une Strato. Dans mes rêves, alors que je courais dans la fausse brume d'une scène de théâtre, poursuivi par un puissant projecteur de pénitencier, je lui avais déjà trouvé un nom. Je voulais l'appeler Sirena.

On dit que la mer d'Irlande, au-delà de 48° de latitude Nord, est la mer la plus dure, mais moi, je n'avais pas peur. Et cependant je sais parfaitement que la mer est une menace. Je fus prévenu dès les premières heures de ma naissance. Le jour où je vins au monde, la tempête faillit défoncer la porte de notre maison. Je n'exagère pas du tout. Elle s'engouffra tout d'un coup dans l'embouchure du fleuve et détruisit complètement les digues de protection de Malpica. Elle détruisit aussi la fête des jeunes mariés, le bal du 20 janvier. C'est l'orchestre Les Satellites qui jouait. La tempête eut encore la force de remonter le long de la ruelle, de souffler comme un animal sur les contreforts de la porte et de laisser filtrer sa bile d'encre, comme si c'était un télégramme.

Reçu cinq sur cinq.

Les gens de la terre ont des idées très exotiques à propos de la mer. Ils lui dédient des poèmes, et toutes sortes de choses de ce genre. Mais moi, s'agissant d'elle, je ne dis pas un mot plus haut que l'autre. Elle n'a qu'à se tenir à sa place et moi je me tiendrai à la mienne. Lorsqu'on travaille, il faut toujours la surveiller du coin de l'œil, en faisant semblant de ne pas la voir, cependant que les sens restent en éveil. Car on ne parvient jamais à vaincre la mer. On peut juste l'amuser un instant ou s'enfuir. Dès que j'aurai acheté ma Sirena, je lui tournerai le dos pour toujours. Adieu, les requins !

Dans les vers de certains séducteurs, on traite la mer comme une maîtresse et toutes sortes de choses dans le genre. Ce sont des bêtises. Et ces experts de merde affirment même que nous, les pêcheurs, l'avons choisie pour femme, et que l'on dit toujours « la mar [1] ». Qu'ils aillent se faire foutre ! La mer est une espèce de salopard ! La mer est une prison. Bien pire que la prison. On n'a même pas de *vis-à-vis* [2].

1. En espagnol, *la mer* ne possède pas de genre défini. On dit indistinctement : *la mar* ou *el mar.*

2. En français dans le texte.

Chacun conserve son stock de petites phrases historiques dans la mémoire. Ses répliques de cinéma. Pour ma part, voilà une des répliques que j'ai conservées.

On était bien mieux en prison ! lance mon père. Il est trempé et il grelotte de froid et de rage. Ils viennent de perdre toute leur mâture et ils s'en sont sortis par miracle.

Et moi, je n'ai personne pour m'accorder quelques jours d'hôpital ! rétorque ma mère.

Mais l'avenir me souriait.

Je me trouve sur le *Blue Angel*. La rouille et le salpêtre vous barbouillent le visage simplement de regarder le bateau. Nous faisons route vers Gran Sol. Ma première expédition en haute mer. Je connais le code. Je dois obéir à tout le monde. Sans doute plus à certains qu'à d'autres.

Un homme pas très grand mais avec un immense visage de mappemonde, des bras aussi longs que des avirons, poilu de partout sauf sur le sommet du crâne, murmure à grands cris depuis le quai : Hé, gamin, attrape-moi le sirop ! Et il me tend une caisse de bouteilles d'eau minérale.

Il aurait voulu que tout se passe discrètement, mais l'équipage est aux aguets et se moque de lui.

Alors, mon vieux ? Tu as encore arrêté de boire ? Quelle calamité ! lui lance ironiquement le contremaître.

Va te faire enculer ! rétorque le nouveau venu.

Ses vêtements sont impeccables. Il exhale un parfum de lotion sauvage.

Monsieur Hache-Deux-O ! ajoute malicieusement le contremaître. Et tout le monde se met plus ou moins à rire.

Le petit râblé au crâne rasé s'appelle Andión. Il va être très aimable avec moi, peut-être parce que je n'ai pas encore l'autorisation de rire. Tout le monde appelle le contremaître Bou. Il est hargneux, mais il me traite plutôt bien. Lorsqu'il était jeune, il avait connu mon père. La valeur des gens de la mer se mesure souvent au crédit que l'on donne à sa famille. J'ai cette chance. Un bon lot de disparus en mer. Et dans mes tripes, la mémoire de ne jamais avoir le mal de mer.

Bou me tend un épissoir en fer et une aiguille d'un bon kilo pour que je fasse une épissure sur un câble d'acier. Je réussis l'épreuve. Mes mains sont couvertes de sang, mais je ne les regarde pas, je n'y fais pas attention, comme s'il s'agissait d'une sueur rouge.

C'est la première nuit à bord. Nous sommes quatre dans la cabine que l'on m'a attribuée. En plus des couchettes, il y a une armoire et juste assez d'espace pour ne pas se marcher dessus.

Profites-en, mon gars, tu n'as pas encore besoin de t'attacher pour dormir, me lance mon compagnon le plus bavard. L'autre lit un roman du Far West, *Peuple de lâches*. Andión boit une bouteille d'eau. Il vient d'accrocher la photo d'une femme sur la porte de l'armoire. Je remarque que la photo est encadrée. Je me mets les écouteurs sur les oreilles. Je ferme les yeux. Je suis sur une scène très profonde, en train de bondir dans tous les sens, Sirena dans les bras.

Bou ouvre la porte. Il apporte une bouteille de whisky. Il en boit quelques gorgées au goulot et nous propose à boire. La bouteille passe de main en main. Andión, assis sur sa couchette, la repousse. Bou éclate de rire et il la fait aller et venir lentement, comme le balancier d'une horloge, à hauteur des yeux d'Andión qui lève son regard en direction du contremaître sans souffler mot, puis il boit l'eau de sa bouteille.

Elle a les cheveux plus raides qu'une amarre ! lance Bou. Eh ben dis donc, Andión ! Tu l'as même encadrée !

Pour le déjeuner et le dîner, on boit du vin Don Simón conditionné en briques. Tout le monde se moque d'Andión qui boit de l'eau et de grandes tasses de café. À mesure que les jours passent, on le laisse de plus en plus tranquille, sauf Bou, qui n'arrête pas de poser devant son nez un gobelet de zinc rempli de vin à ras bord. Mais la puissance de la mer est plus forte et, lorsque le vin se renverse, Andión passe la serpillière pour nettoyer. Ensuite il va se laver les mains avec du savon. Au début, il ne fumait pas, mais maintenant je le vois allumer des cigarettes, l'une sur l'autre. Il s'y prend de la même façon pour vider le poisson avec son couteau. Il fait preuve d'une dextérité tout à fait mécanique. J'ai remarqué qu'il ne dort presque pas. Il reste assis sur sa couchette et il fume. Il boit de moins en moins d'eau et de plus en plus de café. Bou vient lui rendre visite tous les soirs pour lui proposer sa bouteille de whisky. Mais il ne le regarde même plus. Son regard est rivé sur la femme encadrée.

Tu vas craquer, Andión, ne t'en fais pas, tu vas craquer !

La photo de la femme encadrée était une photo très curieuse. Sans l'être vraiment, elle avait des airs très anciens. Un portrait en buste, avec une vraie dédicace dans l'angle de droite : *Je t'attendrai toujours, mon amour.* L'étole en fourrure autour du cou et les lèvres extrêmement fardées ne parvenaient pas à adoucir le visage anguleux de cette femme, qui me rappelait celui d'un soldat cosaque que j'avais une fois aperçu dans un magazine. Je n'oublie jamais cette histoire de cosaque parce que mon père disait toujours avec une phrase plutôt marrante en déformant le mot : À l'époque on buvait comme des *cocasses.*

Plus on la regardait — lorsque Andión était là je le faisais discrètement — et plus cette femme masculine devenait forte et attirante à la fois. Lorsque j'étais seul, je fixais son visage jusqu'à ce qu'elle sorte du cadre. Elle me prenait alors par les poignets, me plaquait contre le mur et m'embrassait profondément avec sa langue de congre.

Les premiers jours, la pêche avait été très mauvaise. La mer était pleine de remous profonds, comme un miroir tourné vers le bas, la houle était très creusée, elle ruminait sa haine dans les profondeurs. On avait cassé une partie de la mâture et le patron s'obstina à poursuivre en insultant les eaux. La mer lui répondit par une énorme déferlante qui fit grincer la carcasse du *Blue Angel*.

Et voilà une autre de mes petites phrases historiques : Le silence que l'on perçoit juste avant de recevoir un coup ressemble exactement au silence qui suit.

À partir de 46° Nord, un pélican a commencé à nous suivre. Lorsque la mer a commencé à s'agiter, nous avons remonté un plein chalut qui crachait du poisson de partout. Et parmi ces poissons, il y avait des flétans, des poissons volants avec leurs ailes noires. Le poisson de la chance. C'est alors que le pélican bifurqua vers l'Irlande et qu'il revint à la tête d'une immense tribu. On allait faire une sacrée bonne marée, la cale débordait au milieu de l'enfer

Après un dernier coup de filet qui créa une pagaille incroyable sur le pont, puis après avoir vidé et nettoyé le poisson en nous agrippant comme des pantins au milieu des paquets d'eau, on se laissa tomber épuisés sur les bancs de la salle à manger. Je sentais la mer à l'intérieur de moi, avec son sang glacé qui parcourait mes veines. Nous bûmes d'interminables gorgées. Andión était pâle, recroquevillé, et il se frottait les mains constellées d'écailles. Bou plaça devant lui le gobelet en zinc et le remplit de rosé bon marché. Andión hésita de longues secondes. Puis il finit par le boire d'un trait. Il se resservit lui-même. Et le manège continua jusqu'à ce que la brique fût vide.

Personne ne souffla mot. Pas la moindre plaisanterie. Les débuts de rires s'éteignirent immédiatement. Même Bou évita de fêter son triomphe à haute voix. Il fit mine de trinquer, avala une gorgée, fit claquer sa langue et disparut.

Ce soir-là, Andión s'assit sur sa couchette en face de la photo. Il serrait une bouteille de whisky entre ses jambes qu'il vida ensuite par petites gorgées, étranger aux balancements de plus en plus forts du *Blue Angel*. La mer bouillonnait derrière le hublot. Une toux violente et interminable. C'est alors, me semble-t-il, que je compris d'où venait le charme de cette femme dans son cadre. Elle ressemblait à un bollard en fonte avec une amarre enroulée autour du cou.

La bouteille d'Andión roula par terre. Il se leva, décrocha la photo et la rangea dans ses vêtements de rechange. Ensuite il saisit un cordage qui se trouvait sous l'armoire. Il avait encore son couteau à vider le poisson à la ceinture.

Tu devrais t'attacher, mon gars. Cette nuit nous allons être en pleine tempête.

Mais il sortit tout de même de la cabine avec le cordage et le rictus féroce de ces gens qui traversent une ligne de barbelés. Alors que la bouteille continuait à rouler, Bou gémissait à présent comme un porc agonisant. Et moi je mis les écouteurs sur mes oreilles. On n'a jamais égalé Jim Morrison et ses cavaliers dans la tempête. Cavaliers dans la tempête.

Joue, ma Sirena, ne t'arrête surtout pas de jouer.

O'Mero

Je rends visite à Luzdivina. Il va falloir forcer la dose.

Dehors, dans la rue, près d'un parterre planté d'un camélia, je parle avec son mari. Il me demande comment elle va. Je lui réponds qu'il doit se faire peu à peu à l'idée. Il acquiesce . Bien entendu, si elle ne mange plus, c'est sûr que...

Il est gros comme une barrique. En fait, il a de la difficulté à marcher. Il se déplace en se balançant. Il s'appelle O'Mero. C'est un surnom de marin. Il me raconte qu'il a grossi subitement, du jour au lendemain, après avoir abandonné la mer. Comme si l'air s'était chargé de le gonfler. Il m'assure qu'auparavant il était très mince, un vrai fil de fer. La peau de son cou est tannée par le soleil.

C'est de ma faute, affirme-t-il soudain.

La faute de quoi ?

C'est de ma faute si elle est malade.

Je le laisse parler. Il raconte qu'il a passé toute sa

vie sur la mer, et qu'elle était en permanence dans ses pensées. Il consacrait chaque jour quelques instants à la photo de Luzdivina, comme s'il lui faisait l'amour. Et lorsqu'il revenait à la maison, c'était un vrai bonheur. Certains marins ont des problèmes, mais ce n'était pas du tout son cas. Ils étaient vraiment faits l'un pour l'autre. Cette femme était un cadeau de la vie qu'il n'avait pas vraiment mérité.

Tout s'était bien passé, comme sur des roulettes, jusqu'à ce qu'il s'embarque pour la pêche au thon, à Madagascar. À Diégo-Suarez, où il a rencontré Béatrice.

Là-bas, déclara O'Mero, on trouve les plus belles femmes du monde. C'est le résultat du métissage entre l'Inde et l'Afrique. Après la campagne de pêche, un paquet de femmes attendent le bateau. Leur pauvreté est extrême. Elles te suivent juste pour avoir un peu de nourriture et pas grand-chose d'autre. Il ne te reste plus qu'à choisir. Mais ensuite, il n'est plus possible de laisser tomber celle que tu as choisie, ça c'est évident. Au début, je ne voulais choisir personne, puis j'ai fini par le faire moi aussi. Elle m'avait attiré avec la seule force de son regard. Elle avait un arc-en-ciel au fond des yeux. Elle était très jeune. C'était une jeune fille qui tenait un enfant par la main. Pendant qu'elle menait sa vie avec moi, dans le bateau, le garçonnet attendait sur le quai, assis, obéissant et silencieux. De temps en temps, elle débarquait et lui donnait une ration de ce que nous avions fait à manger. Je lui demandai si cet enfant était son frère. Et elle me répondit d'un air un peu sombre : C'est mon fils. Je n'ai pas tenté d'en savoir davantage.

Lorsque j'étais à nouveau reparti en mer, je pris la photo de Luzdivina dans mes mains, mais je ne réussis à y voir que le visage de Béatrice. Elle s'était incrustée dans mon crâne, avec sa peau olivâtre et ses yeux arc-en-ciel. Pas moyen de l'en chasser. Nous y retournâmes quinze jours plus tard et elle était toujours là, en train de m'attendre, tenant l'enfant par la main.

Avec ma femme, nous n'avions pas eu d'enfants. Notre nouveau-né était mort, il avait rejoint les limbes. Et nous avions toujours refusé de traverser à nouveau une telle tristesse.

Bref, je revins auprès de Béatrice. Je perdais toute volonté lorsqu'elle était à mes côtés. C'était merveilleux ! C'était aussi merveilleux que le péché. Et puis moi, je me disais : la vie est faite pour être vécue. Mais un peu plus tard, au large, un profond remords s'empara de moi. J'étais en train de commettre un véritable crime. Et même deux. Je n'arrivais plus à manger ni à dormir. Et je n'osais plus regarder la photo. Puis, lorsque je me décidai enfin à le faire, je ne parvins pas à la retrouver. À partir de ce moment-là, dès que nous arrivions à Diégo-Suarez, eux disent Antsiranana, je m'arrangeais pour ne pas quitter le bateau. Je me contentais d'observer à travers le hublot de ma cabine et je voyais Béatrice tenant son fils par la main. Je compris que j'allais devenir fou et je décidai d'en parler au patron. On me débarqua et je pris l'avion à Antananarivo pour Paris. De là je pus retourner chez moi.

Je me dis que tout allait reprendre comme avant. Que j'allais changer de destination. Je partirais pour la Namibie, n'importe où. Mais un jour Luzdivina vint se planter devant moi, l'air hagard. Elle avait dans les mains sa propre photo, déchirée en mille morceaux et enveloppée dans un billet de banque malgache. D'après ce que j'ai compris, elle avait décidé de réparer un de mes pantalons et, en décousant l'ourlet, elle était tombée sur les morceaux. Mon péché s'était affiché sur mon visage. Que pouvais-je dire ?

Quelques jours plus tard, on découvrit sa maladie, conclut O'Mero. Pendant tout le temps qu'il avait raconté cette histoire, il avait arraché des feuilles de camélia.

Sa maladie n'a rien à voir avec tout ça, lui répondis-je fermement pour le consoler. Pas du tout. Ça n'est pas psychique. Il n'y a aucun lien. Vous pouvez en être certain.

Et que dois-je faire si elle me demande un *granizado* au citron ? me demanda-t-il à brûle-pourpoint.

Vous le lui donnez. Donnez-lui tout ce qu'elle demandera.

Merci, docteur.

J'ai entendu pas mal d'histoires beaucoup plus dures que celle-là, mais, j'ignore pourquoi, la tragédie qu'avaient vécue O'Mero et Luzdivina me peina à ce point. Je m'étais senti fébrile et j'étais entré dans un bar tout proche pour boire quelque chose de chaud. Depuis la fenêtre, je pouvais voir et entendre la mer aller et venir. Je fixai mon regard sur les bateaux de pêche avec leurs couleurs vives. Je me dis qu'il n'existait pas d'architecture humaine plus belle que celle des bateaux. J'ignore pour quelle raison, mais j'eus envie de demander au patron du bar s'il y avait beaucoup de gens d'ici qui partaient pêcher à Madagascar.

Personne, que je sache. Ils sont allés un peu partout, mais jamais à Madagascar.

Mais O'Mero, lui, il y est pourtant allé, répliquai-je, sur un ton un peu familier.

O'Mero ? Vous connaissez O'Mero ? O'Mero n'a pas besoin des vagues pour avoir le mal de mer. Il n'a jamais mis le pied sur un bateau !

Il éclata de rire, puis ajouta sur un ton énigmatique : Ici, c'est comme ça, cher ami. Seuls restent à terre les gens qui, comme moi, sont incapables de faire autre chose.

DU MÊME AUTEUR

Aux Éditions Gallimard

LE CRAYON DU CHARPENTIER, 2000 (Folio n° 3657).

LA LANGUE DES PAPILLONS et autres nouvelles, 2003 (Folio n° 4117).

Aux Éditions Métailié

EN SAUVAGE COMPAGNIE, 1997.

Composé et achevé d'imprimer
par la Société Nouvelle Firmin-Didot
à Mesnil-sur-l'Estrée, le 25 octobre 2004.
Dépôt légal : octobre 2004.
Numéro d'imprimeur : 69395
ISBN 2-07-030004-8/Imprimé en France.

130863